# kendini arayan adam

HALİT ERTUĞRUL

NESİL

*Eğitimci-yazar Halit Ertuğrul, 1956 yılında Adıyaman'ın Besni ilçesinin Şambayat Nahiyesinde dünyaya geldi. İlkokulu doğduğu yerde, Ortaokul ve Öğretmenokulu'nu da Kırşehir'de okudu. Daha sonra Niğde Eğitim Enstitüsü ve Gazi Eğitim Fakültesi, Eğitim Bilimleri Bölümü, Eğitim Yönetimi ve Denetimi Anabilim Dalı'ndan mezun oldu.*

*Cumhuriyet Üniversitesi, Kamu Yönetimi, Yönetim Bilimleri Bölümü'nde YÜKSEK LİSANS; Sakarya Üniversitesi, Sosyoloji Bölümü'nde de DOKTORA çalışmalarını tamamladı.*

*Yurdun çeşitli yerlerinde ilkokul öğretmenliği, okul müdürlüğü, Millî Eğitim Şube Müdürlüğü ve Millî Eğitim Müdürlüğü görevlerinde bulundu. Millî Eğitim Bakanlığı merkez teşkilâtına geçerek, Kurul Uzmanı ve Bakan Danışmanı olarak çalıştı.*

*Akademik çalışmalarını tamamlayan Halit Ertuğrul, çeşitli üniversitelerde yöneticilik ve öğretim üyeliği yaptı.*

*Meslek hayatı boyunca, eğitim ve kültür alanında elliye yakın kitapları ve çok sayıda da makale ve yazıları yayınlandı. Kitapları çok sayıda ödül aldı ve çeşitli dillere çevrildi. Ayrıca, kitaplarının bazıları da, Milli Eğitim Bakanlığı ve Emniyet Genel Müdürlüğü tarafından tavsiye edildi.*

*Yayınlanan kitaplarından Kendini Arayan Adam, Düzceli Mehmet, Aysel, Selim ve Hande, Canan gibi eserleri baskı rekorları kırdı.*

*Okuyucularıyla çok yakın bir iletişim içinde olan Halit Ertuğrul, hergün onlarca mektup, telefon, email ve mesaj almaktadır.*

*Halit Ertuğrul evli ve iki çocuk babasıdır.*

## HALİT ERTUĞRUL

www.halitertugrul.com • e-mail:halit1956@ttnet.net.tr

### YAYINLANMIŞ ESERLERİ

- Kendini Arayan Adam
- Kendimi Buldum
- Düzceli Mehmet
- Aysel
- Aşk Böyle Yaşanır
- Yeni Bir Hayat
- Dünyayı Ağlatanlar
- Uçurumdan Dönüş
- Gençlik Mektupları
- Adım Adım Evlilik
- Ailede ve Okulda Çocuk Eğitimi
- Kültürümüzü Etkileyen Okullar
- Dünyama Bahar Geldi
- Eğitimde Bediüzzaman Modeli
- Kendimizi Nasıl Yetiştirelim
- Öğrencinin Başarı Klavuzu
- Öğretmenin Başarı Klavuzu
- Siz Kimsiniz?
- Çocuğumu Bana Verin
- Selim ve Hande
- Kitap Okumada Yeni Teknikler
- Canan
- Bilimsel Çalışmada Yeni Teknikler
- Emre
- Okuyuculardan İbretli Mektuplar
- Günümüzden Hizmet Öyküleri
- Öğretmenlerden Hizmet Öyküleri
- Kendini Arayan Kadın
- Gizemli Davet
- Aradığını Bulan Kadın

# İÇİNDEKİLER

# ÖNSÖZ

İnsanlığa huzur ve mutluluk getireceği iddia edilen ve bu uğurda bir çok ülkeyi felaketin eşiğine getiren, milyonlarca insanın da hayatına mal olan komünizmin; 1990 yılından sonra bir "çığ" gibi yıkılışına şahit olduk.

Komünizmin yıkılışını hazırlayan en önemli sebeplerden birisi, ömrünü bu uğura adamış milyonlarca insanın ve özellikle de dünya çapındaki ünlü komünistlerin, bu rejimi bir bir terk ederek, bu davalarından vazgeçmiş olmalarıdır. Bunun sayısı dünya çapında o kadar fazla olmuştu ki, ünlü Rus yazar Aleksandr Soljenitsın'ın ifadesiyle "Komünizmin kafa ve yürek kadroları kalmadı. Çünkü komünizm; yetmiş yıllık uygulamalarıyla insanlara huzur değil, korku ve gözyaşı getirdi." diyecek kadar, komünizmden bir kopuş olmuştu.

Türkiye'de de, komünist aydınlar arasında bu durum yaşandı. Bunlardan birisi de, Salih Gökkaya adıyla bilinen şahıstır.

Salih Gökkaya, komünizm yolundaki şöhreti yurt dışına taşmış ve bu uğurda ömrünün elli yılını vermiş olan bir insandır. Böylesine kapasiteli bir kişinin dönüş yapması, dikkatleri bir anda üzerinde toplamış ve "dönüş"ünden sonra yazdığı mektuplar da, "asrın mektupları" olarak değerlendirilmiştir.

Salih Gökkaya'nın "dönüş" hâdisesini ilk olarak, "Yeniden Doğmak" adını taşıyan bir kitapta toplamıştık. Fakat bu eserin on beş gün gibi kısa bir süre içinde tükendiğini hayretle gördük. Kitabın bitmesinden sonra da yeni taleplerle karşılaşıyor, takdir, tebrik ve gözyaşları ile dolu olan sayısız mektup ve telefon alıyorduk. Bu kitabın, yeni yetişen gençlere güzel bir rehber olduğu anlaşılınca, daha muhtevalı bir kitap hâline getirilmesine karar verdik.

Kendini Arayan Adam, yalınızca ünlü bir komünistin dönüşünü dile getirmiyor. Aynı zamanda; boşlukta, anlamsız bir hayat süren insanlara bir kurtuluş reçetesi sunuyor. Daha da önemlisi, gençlerimize iyi bir vatandaş olmanın önemini ve Allah'a yakışır bir kulluğun da, doyumsuz güzelliklerini anlatıyor.

Kitabın, daha birçok hizmete vesile olması dileğiyle...

**H**

# HER ŞEY BİR YOLCULUKLA BAŞLADI

O gün...

Yıllardır okul sıralarının zorluklarını, bugüne kavuşmanın tesellisiyle yenmeye çalışmıştım. Bunun için ki, öğretmenlik mesleğine attığım ilk adımın, ruhumu sımsıcak duygularla titrettiğini çok iyi hatırlıyordum. Öğretmen olmak... Âdeta ülkeler fetheden bir kumandan gibi, vakur ve tatlı bir ürpertinin bütün benliğimi dalga dalga sardığını hissediyordum.

Sanki dünyada bu mesleği seçen ilk adam benmişim gibi önüme çıkan herkese soruyordum:

"Öğretmenlik nasıl bir şey?"

Aldığım cevaplar genellikle aynıydı:

"Öğretmenlik mi? Oooh, çok güzel tabiî... Yalnız eski itibarı kalmadı."

Bazısı da öyle ballandıra ballandıra anlatıyordu ki, o güzel sözleri dinlerken hemencecik okula koşasım, o cıvıl cıvıl çocuklar arasına karışasım geliyordu.

Fakat "Öğretmen mi?" diye, dudak bükerek moral bozucu cevaplar veren ve âdeta kanımı buz gibi donduranlar da az değildi. Ama ben, nedense hep hoş ve tatlı sözleri duymak istiyor, ürkütücü konuşmaları çabucak unutuveriyordum.

Vazife yapacağım yere gitmek üzere hazırlanıyordum. Beni uğurlamak için eve gelen dost, akraba ve arkadaşlarla birlikteydim. Bizde usûldür; uzağa giden kimselere, "Allah yolunu açık etsin, güle güle git, güle güle gel" diyerek, hem moral verilir, hem de iyi ve kötü gününde yalnız olmadığı ona anlatılmak istenir. Bu geleneğin manevî kıymetinin ne kadar büyük olduğunu ilk defa anlıyordum.

Sohbet oldukça koyuydu o akşam... Konu ise, öğretmenlik... Şahsına ve ilmine çok saygı duyduğum bir büyüğümüz, öğretmenlik mesleğindeki başarı sırlarını anlatıyordu. Bu metotlar benim için o kadar önemliydi ki, dayanamadım, kâğıda ve kaleme sarılarak not almaya başladım.

1-"Öğretmen bir köyün her şeyidir" diyerek girmişti sözüne. "Bu, aslında bir Peygamber mesleğidir. Muhtaç insanlara ilim, medeniyet ve irfan götürmek kadar faydalı daha ne olabilir? Bunu yapabilmek için de, nabza göre şerbet vermeyi iyi kavramak lâzımdır. Doğru bir şeyi anlatırken, kırmadan, ürkütmeden ve damarına dokunmadan yapmak gerekir. Yapayım derken, bütün bütün bozmamaya dikkat etmek çok önemlidir.

2-"Köylünün inanç ve geleneklerine ters düşen, onlardan kaçan ve hayat tarzlarından kopan bir öğretmen, o yerde hem başarılı olamaz, hem de huzur bulamaz. Ve belki de barınamaz da... Köylü, önce öğretmenin samimiyetine inanacak ki, ona kapılarını açıp sıcak bir alâka göstersin. Bunun için, o köyün öğretmeni, kendi mesleğini çok iyi kavraması kadar, insan psikolojisini de iyi bilmesi lâzımdır. Çünkü bizdeki öğretmenlik anlayışı, yalnızca çocuk okutan değil, köyün bütün dertlerine çâre bulabilecek bir ehliyette de olması gerekir.

3-"Bayramda, düğünde, sünnette, bazı özel gün ve gecelerde bütün gözler öğretmeni arar. Tabiî ki öğretmen de bunun hakkını vermelidir. Bu da çok iyi bir kültür ister. Yalnızca, ders kitaplarının teorik bilgileri yetersizdir. Öğretmen, hayatı en büyük bir okul kabul ederek her hâdiseden, her tecrübeden ders almasını bilmeli ve hareket tarzını da ölçülü ayarlamalıdır.

4-"Kalbin nuru din ilimleri, aklın nuru fen ilimleridir. İkisinin birleştirilmesiyle hakikat ortaya çıkar. Bu iki unsurun bir araya gelmesiyle, talebe gayrete gelir ve başarılı olur. Birbirinden ayrıldıkları vakit birincisinden taassup, ikincisinden de hile ve şüphe doğar" diyerek, iyi bir eğitim politikası çizen kıymetli bir âlimin bu güzel sözü üzerine yorumlar yapılıyordu.

5-"Cami ve okul, bir köyün iki ana direğidir. O köyün varlığı, huzuru ve birlik içinde yaşaması, bu iki direğin sağlam ve dimdik ayakta durmasına bağlıdır. Camide din havası mevcuttur. Okulda ise, ilim havası vardır. Birisi, düşmanlığı, kini silip kardeşliği getirir; diğeri de cehaleti kaldırıp medeniyeti dâvet eder. Böylece o köy, genel bir okul havası içinde, ilim, fazilet, medeniyet ve kardeşlik mefhumunu öğrenmeye başlar. Bunları yapacak olan da, o köyün imamı ve öğretmenidir.

"Öğretmen, cami cemaatini tanımayıp, köyün en mukaddes varlığı olan camiye ters düşer; imam da okulu bir küfür alâmeti olarak görürse, o köyde fitne kıvılcımları çıkmaya başlar. Halbuki öğretmenin imamla anlaşıp kaynaşması, milletin hasretle beklediği bir husustur."

Büyük bir zevk ve dikkatle dinlediğimiz sohbet, geç vakitlere kadar sürmüştü.

Bu ölçüleri bir bir not aldıktan sonra, valizime kitaplarımı yerleştirdim. Çünkü onlar benim hem öğretmenim, hem arkadaşım olacaklardı.

# İHTİYAR MUHTARIN ACILARI

Yola çıkalı iki saat olmuştu. Bu iki saat boyunca, on üç yıllık öğrencilik hayallerim bir sinema perdesi gibi geçiyordu gözlerimin önünden... Ve her sahnenin sonunda da "okul ve öğrenci" ikilisi gelip karşıma dikiliyordu. Ne renkli düşüncelerdi Allah'ım!

Güzel bir okul... Yanında yeni lojman... Etrafında iyi tanzim edilmiş bir bahçe... Yemyeşil ağaçlar, pırıl pırıl çayırlar... Minicik öğrencilerin cıvıl cıvıl sesleri... "Öğretmenim" diyerek gülücükler dağıtışları... Hayal bile olsa içime tatlı bir sıcaklık serpiyordu. "Okulun minaresi" demek olan bayrağı ilk görüşümde, nasıl bir heyecan içinde olabileceğimi tahmin etmeye çalışıyordum. Arif Nihat Asya gibi:

"Ey mavi göklerin beyaz ve kızıl süsü,

"Kız kardeşimin gelinliği, şehidimin son örtüsü" mü diyeceğim, yoksa o anın duygularıyla başka bir şeyler mi mırıldanacağım? Bilemiyorum.

Ya köylüler?

Öğretmeni ilk görüşlerinde:

"Hoş gelmişsen öğretmen bey" derlermiş ellerini uzatıp, sıcak bir duyguyla tokalaşarak. "Bir ihtiyacın olursa, Allah'ını seversen çekinme ha! Bizim ev, aha şuradır" diye sıkı sıkıya tembih ederlermiş. Daha neler neler derlermiş...

Bu hayal, ne güzel bir şey... İnsanı nasıl da umutlandırıp rahatlatıyor, endişeleri, şüpheleri bir bir dökerek teselli ediyor.

Dalıp gittiğim için kendi kendime mırıldanmış olacağım ki, aynı koltuğu paylaştığımız ihtiyar yol arkadaşım sordu, nezaketle:

- "Talebe misiniz evlât?"

- "Öyle sayılır" diye cevap verdim. "Daha düne kadar talebeydim. Mesleğimiz öğretmenlik olunca, talebelik de emekli olana kadar devam edecek herhalde..."

- "Tabiî ya!" dedi ihtiyar, "Yalnız öğretmenler talebe değil, bana kalırsa, dünya bir okul, bütün insanlar da o okulun talebeleridir. Doğan her insan bu okula yazılır, ölen her insan da şehadetnamesini (diplomasını) alıp gider."

"Ama, notun iyi olmadıktan sonra!"

Güngörmüş ihtiyar da dalıp gitti... Tıpkı benim saatlerce hayalin peşine düşüp gittiğim gibi, gözlerini bir noktada toplayıp düşünmeye başladı. Gittikçe bakışlarının fersizleştiğini görüyordum. Çileyle kıvrılmış kapaklarının örttüğü gözlerinde yaş bulutları oynaşıyordu. Ardından damlalar sıraya dizilerek bembeyaz sakalına takıla takıla aşağıya doğru inmeye başladı.

Nur yüzlü ihtiyarı ağlatan hadiseyi, nezaketsizlik olur diye bir türlü soramamıştım.

Neden sonra:

- "Evlâdım! Sakın ola sen şu bizim köyün öğretmeni gibi olmayasın" diye açtı konuyu.

Kendisine merakla baktığımı görünce de devam etti:

- "Ben o zaman köyün muhtarıydım. Bu vazifem tam on altı yıl sürmüştü. Zengindim. Çok koyunum vardı. On yıl boyunca sürülerimi üç çoban çevirdi. Köyün biraz dışında, iki katlı bir konağım vardı. Köye her gelen beni bilirdi. Konağımızın yanına yaptırdığım bir odayı yalnızca misafirlere ayırmıştım. Kapımın çalınmadığı gün üzülürdüm.'Yoksa köylüyü kırdık mı? Niçin bu akşam gelmediler?' diye hayıflanırdım.

"Hele yenmiş içilmiş, aklıma bile gelmezdi. Üstelik zevk duyardım. Rahim olan Allah, rahmetinden bol bol gönderirdi. Ne malım eksilirdi, ne de param...

"Bir akşam üzeriydi. Orta yaşlı biri gelmişti kapıya.

- "'Öğretmenim' demişti. 'Bu köyün çocuğunu okutmaya geldim.'

- "Safa geldin, diyerek içeri aldık. Üşümüştü. Karnını doyurduk. Baş köşeye geçirdik.

- "'Fakirim' dedi. 'Kimseciklerim yok. Babamı, annemi çok küçük yaşta kaybettim. Beni bir hayır sahibi okuttu. Bir ay önce onu da kaybettim. Dünyada yapayalnız kaldım. Ben de valizimi alarak sizlere sığındım. Eğer kabul ederseniz, bundan sonra sizleri ana baba kabul etmek istiyorum.'

"Çok acımıştık. Hemen köylüyle bir araya gelerek boş bir evi tamir ettik, içini döşeyip kendisine teslim ettik. Her gün birimiz akşamları misafir alır olduk.

"İnan evlâdım, ben kendi öz oğluma böylesine bir sevgi göstermemiştim. Yaptığımız iyilik bununla da bitmedi. Köyümüzde namuslu, terbiyesi güzel bir kızımızı da kendisine verdik. Hem de bütün masrafları üzerimize alarak..."

"Neden diye sorarsan, 'kimsesiz fakir,' diye tabiî..."

Benim hayretim gittikçe artıyordu. Bizim insanımız ne kadar da merhametli, cömert ve yardımseverdi. Hiç tanımadığı bir insana böylesine fedakârlık... İyi niyet... Bu güzel geleneği, bizim insanımızdan başka acaba kim gösterebilirdi? Allah rızası için, hiçbir karşılık beklemeden yabancı bir insana evlât muamelesi yapmak, herhalde sadece bizim insanımıza hastı.

- "Ya sonra?" diye sordum.

Gözleri yeniden dolmuştu. Ağlamaklı bir ses tonuyla:

- "Neler olmadı ki evlâdım" dedi. "Evimi dağıttı, dünyamı başıma yıktı."

Tam bir şaşkınlık içinde, heyecanla dinliyordum.

- "Bütün köylü, kimsesiz ve fakir diye bu öğretmenin üstüne titriyorduk. Ama öğretmen, gün geçtikçe değişiyordu. Gizlediği kötü niyetini yavaş yavaş açığa vurmaya başlıyordu.

"Okulla alâkasını kesti. Öğrencilerle hiç ilgilenmiyordu. Akşama kadar gençlerle kafa kafaya verir ve sohbet bahanesiyle, onların beyinlerini yıkardı. Okulda çocuklara anlattıkları şeyler de yavaş yavaş kulağımıza gelmeye başlamıştı."

- "Neler anlatıyormuş?" diye sordum, merakla.

- "Neler değil ki" diye söylendi. "Hiç duymadığımız marşlar öğretiyormuş. Bizim marşlarımızı ağzına almazmış. Müslümanlığa, imâna karşı çok kötü söylermiş, nâmert... 'Neye inanıyorsanız, onlar hepten safsata' dermiş. Hâşâ Allah'a bile inanmazmış. Tövbe ya Rabbi, tövbe..."

"Bunları duyunca, bir gün çektim kenara: 'Bana bak öğretmen bey' dedim. 'Kulağıma böyle böyle şeyler geliyor. Bunlar doğru mudur?'

Rengi attı hemen, kulaklarına kadar kızardı.

- "'Amma yaptın ha muhtar' dedi. 'Hiç öyle şey olur mu? Çocuklar herhâlde anlattıklarımı yanlış anlamış olacaklar. Tabiî ki size de yanlış bilgiler vermişlerdir. Hem siz benim öz anam babam sayılırsınız. Sizin sayenizde bu dünyada yaşıyorum. Siz olmasaydınız, ben ne yapardım? Sonra tövbeler olsun muhtar, insan Allah'a dil uzatabilir mi? O bizi yoktan yarattı. Bilirsin ki, ben orucumu tutarım. Fırsat buldukça Cuma namazına bile giderim. İnşaallah vakit namazlarına da niyetliyim. Gözüm kör olsun ki, Kur'ân baş ucumda asılı durur."

"Ne zaman ağzımı açsam, buna benzer şeylerle bizleri avuturdu. Çok kurnazdı. Kiminle ne konuşacağını çok iyi biliyordu. Bizim gibi büyüklere karşı son derece saygılı ve dindar gözükürken, gençleri de, istediği yöne çekiyordu, tabiî... O körpe beyinleri zehirle doldurmuş meğer..."

Karşımda, hiçbir şey bilmez zannettiğim bu köylü ihtiyar, neler söylüyordu? O kadar merakımı kamçılamıştı ki, bütün dikkatimle onu dinliyordum. Milletin kucağında büyütüp onun ekmeğiyle beslenen bir insanın, en çok saygı duyması lâzım geldiği bir yere ihanet etmesine karşı, içimde büyük bir nefret doğmuştu. "Devletten aldığı maaşla, devleti yıkmaya çalışmak..." Bundan daha büyük bir hainlik olur muydu?

İhtiyar yol arkadaşımın sık sık öksürüklerle böldüğü cümlelerini, kafamda birleştirerek bir bütün hâlinde düşünmeye çalışıyordum. Bu millet, inanç noktasında ne büyük darbeler yemiş ve hâlâ da yemeye devam ediyordu. Bunları duydukça, vatandaşa sahip çıkmanın ne kadar önemli olduğunu bir kere daha anlıyor ve büyük bir İslâm âliminin şu sözlerini hatırlıyordum:

"Eskiden tehlikeler hariçten gelirdi. Onun için mukavemet (karşı koymak) kolaydı. Şimdi tehlike içerden geliyor. Kurt, gövdenin içine girdi. Şimdi mukavemet güçleşti. Korkarım ki, cemiyetin bünyesi buna dayanamaz. Çünkü, düşmanını sezmez. Can damarını koparan, kanını içen en büyük hasmını dost zanneder." Ve bu teşhis, bu asra vurulmuştu. Unutamıyordum ve unutmama da imkân yoktu tabiî...

İhtiyar yol arkadaşım bu ibret dolu olayı anlatmaya devam ediyordu.

- "Ara sıra birkaç günlüğüne kaybolup gelmemeye başladı. Sorduğumuzda, 'Falan yerde arkadaşım var da, görmeye gitmiştim' veya 'Falanca köyün öğretmeni beni dâvet etmişti' gibi, hiç de aslı olmayan cevaplar veriyordu.

"Daha sonra köyde, yabancı gençler görünmeye başladı. Doğrusu bunları gözüm pek tutmamıştı. Çünkü giyinişleri ve davranışları çok farlıydı.

"Bir başka gün, hanımı ortadan kayboldu. Kızın yakınları gelip sorduğunda:

"'Amcamdan mektup geldi, hanımı çok hastaymış da, onun bakması için oraya gönderdim' diye cevap vermiş.

"İnanmamışlar tabiî... Ama ne yapsın zavallılar? Bir insanın öz hanımına zarar vereceği kimin aklına gelir?

"Yanına gelen giden çoğalmaya başlamıştı. Okulla da tamamen alâkasını kesmişti. Kaç defa şikâyet aklıma geldi. Ama sizin koruduğunuz, sizin evlendirdiğiniz, sahip çıktığınız bir öğretmeni nasıl şikâyet edeceksiniz? Bir kere iyi dedik, kötü diyemedik.

"O sıralarda, köyün gençlerinde de bir hareket başlamıştı. Herkes tüfekle, tabancayla oynuyordu. Bazen geç vakitlerde silâh sesleri duyuyorduk. Meğer ki gençlere, atış talimi yaptırıyormuş.

"Son kaybolduğu gün Pazardı. Tam beş gün dönmedi. Merak ettik. Daha doğrusu açıkça şüphelendik. Sağa sola haber vermeye hazırlanıyorduk ki, gece geç saatlerde evimin kapısı çalındı.

"'Bir genç, çok telâşlı ve heyecan içinde bağırıyordu:

- "'Muhtarın evi burası mı?"

- "'Burası' dedim. 'Ne yapacaksın?'"

- "'Lâzım' dedi. 'Çok acele lâzım'"

"Yukarı aldım. Oturası yoktu:

- "'Köyünüzün öğretmeni trafik kazası geçirdi' dedi. 'Hem hanımı, hem de kendisi ağır yaralı. Hastaneye kaldırdılar. Benden rica etti: 'Git muhtarı gör, ne kadar parası varsa alıp yetişsin. Yoksa başkasından bulsun' dedi. 'İkisinin de ameliyat olması gerekiyormuş. Doktorlar çok para istiyorlarmış.'"

"Ben, şaşkınlıktan elim ayağıma dolaşınca, harekete geçirmek için ısrar etti:

- "'Kaybedecek vaktimiz yok. İkisinin de canları tehlikede. Buraya kadar canımız ağzımızda araba teptik. Taksi aşağıda bekliyor. Acele edin de, yetişelim.'"

"Gencin gözleri yaşarmış, ağlamaklı ağlamaklı bakıyordu.

"O anda aklıma hiç mi hiç kötü bir şey gelmemişti. 'Olabilir ya!' dedim. 'İnsanlık hâli, hanımını alıp köye doğru gelirken kaza geçirmiş olabilirler."

"O günün (yâni 1979 yılının) parasıyla cüzdanımda 100.000 lira vardı. Bu tam altmış besili koyunun parasıydı. Can tehlikesini duyunca, kızın dayısına koştum. Kızın annesi ve babası olmadığı için dayısı büyütmüştü.

"Adamcağız çok telâşlandı. Onun da cebinde otuz bin lirası (20 besili koyun parası) varmış, onu aldı. Ne olur, ne olmaz diye, cebine üç tane de büyük altın koydu. Alelacele taksiye atlayıp yola koyulduk. Köyden biraz uzaklaşınca, benim aklım karıncalanmaya başladı. Çünkü gençleri hiç gözüm tutmamıştı. Şoför koltuğunda oturanı uzun saçlı ve bakımsız biriydi. Üstü başı darmadağınıktı. Bizi çağıran genç ise kıpkırmızı gözlü ve azgın suratlıydı. Hiç de kazaya üzülmüş bir halleri yoktu.

"Gece vakti acelemden üzerime silâhımı da almamıştım. Tabiî, o dağ başında arabayı durdurup inmek de olmazdı. Doğrusu içime kötü bir korku oturmuştu."

Yol arkadaşımın anlattıkları, bir macera filmi gibi dehşet doluydu. Sonucun nereye varacağını, âdeta nefesimi tutarak dinliyordum.

Muhtar amca;

"Taksi, ormanın içine girince ağırlaşmaya başladı" diye konuşmasını sürdürdü. "Duracağını hissederek sormuştum:

- "Ne oldu evlâdım, bir ârıza mı var?"

- "'Her halde benzine su karışmış olmalı. Motor teklemeye başladı. Siz oturun da biz bakalım' dedi.

"Taksiyi durdurup önce kendisi, ardından da öbür kılıksız indi. O anda korkum daha da arttı. İçim "cazz" diye yandı. Şöyle taksinin etrafına doğru göz ucuyla baktım ki, oooohh ellerinde silâhlar bir sürü gözü dönmüş genç... Doğrusunu söylemek gerekirse, o anda parayı marayı unutmuştum. Can derdi, her şeyden önceydi. Hele zavallı arkadaşım tir tir titriyordu.

"Namluları beynimize çevirip bizi aşağı indirdiler. Önce gözümüzü ve ellerimizi bir güzel bağladılar. Paraları ve altınları aldılar. Ne diyebilirsin? Tabancanın namlusu ensemizde duruyordu. Bir aksi hareket yapacak olsak, hiç acımadan bizi oraya sererlerdi. Hem de hiç acımadan. Bunlarda merhamet ve vicdan görülmüş mü?"

"İçlerinden birisi:

- "'Muhtar' dedi. 'Bugüne kadar köylünün sırtından kazandığın paraların keyfini çıkarıyordun. Birazını da bize vermekten kızmadın değil mi?' diye alay ediyordu."

"Elhâsıl, olan olmuştu hocam. Ama felâketin büyüğünden habersiz, sabahı bekledik. Canımızın kurtulduğuna şükrederken, 'Keşke kurtulmasaydık da bu günleri görmeseydik' diye feryat edeceğimizi nereden bilecektik? Keşke daha işin başında beni öldürmüş olsalardı?"

Yol arkadaşımın yorgun gözlerindeki yaşlar tekrar oynaşmaya başlamıştı. Buruşmuş dudakları, hüzünlü, kıvrım kıvrımdı. İçinden kaynayıp gelen hıçkırıklara mâni olamıyordu. Ağzında cümle ve kelimeler bölük – pörçük çıkıyordu.

Elini yumruk yaparak:

"Hain herifler!" diye vurdu, önündeki koltuğa. Yaktınız, beni yaktınız. İnşallah siz de yanarsınız.

Bir çocuk gibi içini çekerek yüreğini saran yakıcı ateşi bastırmaya çalıştı. Cebinden çıkardığı buruşuk mendiliyle önce gözyaşlarını, daha sonra da burnunu sildi.

"Eve gittik ki kıyamet kopuyor" diye bıraktığı yerden konuşmasına başladı. "Bizim çıkışımızdan sonra bir grup anarşist evi basmışlar. Ev de köyün bırazcık dışındaydı. Köylü duyana kadar olan olmuş. Silâhlarını çekip, 'para' demişler, 'altın' demişler. Bulamayınca da tek evlâdım olan 17 yaşındaki aslan gibi oğlumu ve 20 yıllık eşimi hunharca katletmişler. Kurşunlarla paramparça edilen vücutlarını bir kan gölü içinde gördüğümde, nasıl çıldırmadığıma hâlâ hayret ediyorum. O azgın canavarlar, işledikleri cinayetlerden mutlaka gurur duyup kahramanlıklarını ilân etmişlerdir."

- "Yakalandılar mı?" diye sordum, hayret ve şaşkınlık içinde...

- "Ne çıkar evlâdım" dedi. "Yakalandılar, ama ölen geri gelir mi?"

- "Ya öğretmeniniz ne oldu?"

- "Onu da yakaladılar. Şimdi nerededir bilmiyorum. Zavallı kızcağızın da hayatını mahvetti. Kızı ne yapmaya zorladıysa, yavrucak dayanamayıp, kendini asmış."

Kayseri otobüs terminaline inmiştik. Ben Hatay istikametine gidecektim. İhtiyarın yolu ise, Mardin'e kadar uzanacaktı.

Ayrılırken elimi ciddiyetle sıkıp:

- "Güle güle hocam" dedi. "Yüce Rabbim hayırlı hizmetler nasip etsin. Bu vatan sahip bekler. Yıkanlar çok, yapanlar az. Öyleyse yapanlar, geceyi gündüze katmalı ki, tahripler günü gününe tamir olsun. Bu iş çok fedakârlık ister ve para karşılığında da yapılmaz. Çünkü paradan daha önemli şeylerin olduğunu yaşadıkça göreceksin."

Anlattıklarını yüreğimin içine yazıp, saygıyla ellerinden öptüm. İki saatlik beraberliğimiz burada noktalanıyordu.

Ama, bir meslektaşımın yaptıkları düşüncelerimi alt üst etmişti.

Yol boyunca nefes nefese dinlediğim o ibretli hadiseyi, elimde olmadan zihnimde canlandırmaya devam ediyordum. Hem de defalarca. Ve her defasında o müthiş ânı başımdan geçmiş gibi yaşayarak...

## ZEHİRLEMEKTEN LEZZET ALANLAR

Bu vatanda doğacaksın... Bu milletin ekmeğiyle, suyuyla büyüyeceksin... Belki de bir lokma ekmeğe muhtaç yetimlerin rızıklarından kesilerek yaptırılan güzelim okullarda okuyacaksın... Geleceğimizin garantisi olarak, "öğretmensin" diye köye gönderileceksin... İnsanlık ve yardımlaşmada birbirleriyle âdeta yarışan vatandaşların samimî ve sıcak alâkasıyla karşılaşıp, manevî evlât muamelesi göreceksin... Sonra da bu kadar nimetleri unutarak, beslendiğin sofraya ihanet edeceksin...

Bu nasıl anlayış? Bu nasıl fikir? Bu nasıl felsefe? Bir hayvan bile, sahibinin bir ikramına bin hizmet ederken, bu kadar ikrama rağmen, bu tip nankör insanlar neden hep ihanet yolunu tercih ediyorlar? Nasıl oluyor da vicdanları buna müsâade ediyor?

Bunun cevabını, okuduğum bir tefsirden hatırlamaya çalışıyordum: "Malûmdur ki, âlâ (iyi) bir şey bozulsa, edna (basit) bir şeyin bozulmasından daha ziyade bozuk olur. Meselâ, nasıl ki, süt ve yoğurt bozulsalar yine de yenilebilirler. Yoğ bozulsa yenilmez. Bazen zehir gibi olur. Öyle de, mahlûkatın en mükemmeli, belki en âlâsı olan insan, eğer bozulsa, bozuk hayvanlardan daha ziyade bozuk olur. Müteaffin (kokuşmuş) maddelerin kokusuyla telezzüz eden (lezzet alan) haşerat gibi ve ısırmaktan lezzet alan yılanlar gibi, dalâlet bataklığındaki şerler ve habis (pis) ahlâklar ile telezzüz ve iftihar eder. Zulüm ve zulümatındaki zararlardan ve cinayetlerden lezzet alırlar."

Yarım asır önce kaleme alınan bu ifadelerin bugün bütün açıklığıyla kendini gösterdiği anlaşılıyordu. Demek ki, o yıllarda atılan tohumlar, bugün meyve veriyordu.

Kalbinden imân, ahlâk ve faziletin sökülerek alındığı gençlerin bu milleti ne hâle getirebileceklerini hayâl ettikçe, Kayseri terminalindeki sıcağa rağmen titriyor ve böyle insanların şerrinden bu büyük milleti ve mâsum insanları muhafaza etmesi için Allah'a yalvarıyordum.

Bu aldatılmış insanlarla mücadelede; kuvvet, sabır ve metânete çok ihtiyacımız vardı.

Bineceğim otobüse doğru ilerlerken, kalbi dertlerle paramparça olmuş ihtiyar yol arkadaşımın son sözlerini, tekrar etmeye çalışıyorum:

"Yıkanlar çok, yapanlar az. Öyleyse yapanlar geceyi gündüze katmalılar ki, yapılan tahripler günü gününe tamir olsun."

# O ADAM

Yola çıkıyoruz.

Otobüsümüz, Adana istikametine yöneliyor. Boş yer yok. Tıklım tıklım doluyuz. Güz ayının getirdiği hafif serinlik, koltuklarımıza yerleştikten sonra, tesirini kaybedip bitiyor.

Yolcular, yol kenarlarında yükselen fabrikaları konuşuyorlar... Ben de etrafı seyre koyuluyorum.

Anadolu... Bambaşka bir diyar. Sun'i, yapmacık güzelliklerden uzak, tabiî çekiciliğiyle, gözleri, gönülleri serinletiyor. Ah Anadolu, sen kimlere analık yapmadın ki...?

Şoförümüz, aynı kaseti birkaç kez dinletmekten usanmış olacak ki:

- "Sayın yolcularımız" diye sesleniyor. "Bağışlayın, ama size bir teklifte bulunacağım. Çalacak kasetimiz kalmadı. İçinizden iyi şarkı veya türkü söylemesini bilip de, söylemek isteyen varsa, buyursun mikrofona gelsin. Hem bizleri eğlendirmiş olur, hem de vakit geçer. Yoksa bu uzun yol başka türlü bitmez."

Bu teklif karşısında, otobüsteki uğultu birdenbire kesildi. Böyle bir dâveti, herhalde birçok kişi ilk defa duyuyordu. Herkes benim gibi, yarı şaşkınlık içinde:

"Acaba söylemek isteyen biri çıkar mı?" diye sağa sola bakınıyordu.

Öyle ya, bir otobüs yolculuğunda, hiç tanımadığınız insanların karşısına çıkıp şarkı veya türkü söylemek oldukça cesaret isterdi.

Tebessümlü bekleyişler sürerken, arka koltuklardan gür bir ses yükseldi:

- "Kaptan bey, müsaadenizle bu teklifi ben yerine getirmek istiyorum."

Bütün yolcularla birlikte, dönüp arkaya baktık.

Evet, "o adam"dı bu. Otobüsümüz Kayseri terminalinden henüz kalkmak üzereyken, koyu renkli bir mercedes taksiyle gelip, âdeta bir devlet başkanı gibi protokolle uğurlanan ve etrafındaki adamlar tarafından büyük bir ciddiyetle yolcu edilerek otobüse bindirilen adam... Bu durum, o anda bütün yolcuların da dikkatini çekmişti.

Kendisi oldukça gösterişli. İri yarı bir vücut yapısına sahip. Lâcivert bir elbise ve gözünde siyah bir gözlük... Saçlarını itinayla taramış, kendinden emin ve ağırbaşlı bir hâli var. Bıyığı yok. Yeni traş olmuş, sîması pırıl pırıl... Yaşı altmış civarında. Yüzünden çenesine doğru inen iki derin çizgi, çok önemli hatıralar saklıyor gibi kuytu, sessiz.

Bir koltuk arkamda oturan "o adam"ın, yanındaki bir gençle yol boyunca, dünyadaki çeşitli olayların, iktisadî ve siyasî doktrinlerin yorumlarını yaptığını takip etmiştim.

Görünüşte çok ciddî ve ağır görünen "o adam"ın, konuşurken son derece sempatik, nazik ve pürüzsüz bir ifade gücüne sahip olduğunu fark ediyordum.

İşte "o adam" şarkı söylemek üzere ayağa kalkıp kaptandan müsaade istedi. Ve böyle garip bir teklifi kabul ettiği için de, yolcular tarafından şaşkınlıkla karşılanmıştı.

Adam ön tarafa doğru ilerlerken, bütün yolcuların dikkatli bakışlarına hedef oluyordu. Şoförün yanına geldiğinde, siyah gözlüklerini çıkarıp sıcak bir tebessümle bizlere dönüyor ve nazik tavırlarının yanı sıra insana saygı telkin eden olgunluğuyla, yolcuların sempatisini bir anda üzerine topluyor.

Herkes kendisine kulak verdiğinde, şoföre dönüp:

- "Sayın kaptanım" dedi. "Benim gibi işe yaramaz bir ihtiyara, böylesine temiz ve sağduyulu insanlarla birlikte olma fırsatı verdiğiniz için, size yürekten teşekkürlerimi arz etmek istiyorum. Kabul buyurursanız, şu ihtiyar kalbimi sevindireceksiniz."

Yaşlı adam, biraz sonra mikrofonu alıp şarkı söylemeye başladı. Hayretler içinde kalmıştık. Mükemmel ve son derece tesirli sesiyle sanki büyülenmiş gibiydik. Herkes, nefesini tutmuş vaziyette onu dinliyorduk.

İçimden:

"Kim bu adam?" diyordum. "Eğer ses sanatçısıysa, neden bugüne kadar duyulmamış. Sanatçı değilse, bu ağır şarkıları böylesine kusursuz şekilde icra etmeyi nereden öğrenmiş?"

Bu ve buna benzer soruları, daha sonra birbirimize sormaya başladık. O adamın güzel şarkılarıyla mest olan kaptanımız da, arabayı kasislere vurmadan ve sarsmadan kullanmaya gayret ediyordu.

İki şarkıdan sonra, otobüsü bir alkış tufanı kaplamıştı. Adama, şarkılarına devam etmesi için âdeta yalvarılıyordu. Beş tane, on tane... Söyleyebildiği kadar, yorulana kadar...

Fakat adam, sebebini daha sonra anlayabileceğimiz bir plân dahilinde, bütün ciddiyetiyle mâzeretler ileri sürüyor ve işi tadında bırakmaya kararlı görünüyordu.

Alkışlar kesilince:

- "Affınıza sığınmak isterim," diye konuşmaya başladı. "Kalbim, böyle duygulu şarkılara pek dayanmıyor. Lütfen beni bağışlayınız. Görüyorsunuz ya nefesim de tekliyor. Çünkü bir kalp hastasıyım ve sizlere bu neşeli ânınızda, kötü bir sahne yaşatmak istemiyorum."

Derin bir nefes aldıktan sonra devam etti:

- "Sizler gibi duygulu ve candan arkadaşlarıma güzel dakikalar geçirtebildiysem, bu gece rahat bir uyku çekerim. Ama çok arzu ediyorsanız, sizlerle olan beraberliğimi sohbet ederek sürdürebilirim. Çünkü altmış yaşına merdiven dayamış bir ihtiyarın, hayatının baharını yaşayan dostlarına anlatacağı çok şeyler olduğuna inanıyorum."

Adam, bütün dikkatleri tekrar üzerinde toplamayı başarmıştı. Herkesi, bir meraktır sardı. Yolcuların gönlünü fetheden "o adam", şarkı söylememek için bahaneler ararken, neden şimdi konuşmaya hevesli görünüyordu?

Yolcuları dikkatle süzdükten sonra:

- "Arkadaşlarım" diye konuşmaya başladı. "Ne söylemek istediğimi merak etmiş olabilirsiniz.

"Anlatayım:

"Hayat demek, savaş demektir, mücadele demektir. Başka bir ifadeyle hayat; bir harp meydanıdır. İnsan, yaşayabilmek için bu savaşı kazanmak zorundadır. Tabiî ki, savaşı kazanmanın yolu da, savaş usûllerini bilmekten geçer.

"Savaş usûlleri, yalnızca öğrenilmez. Tecrübe isteyecektir. Bazı tecrübeler, çıkmaz bir sokağa çıkabilir ve o zaman hayat, daha baharındayken son bulmuş olur. Bu acı sonla erken karşılaşmamak için, yaşanmış tecrübelere ihtiyaç vardır.

"İşte ben diyorum ki, altmış yaşına gelmiş bir insan olarak, bu hayat savaşında çok şeyler öğrendim, çok şeyler yaşadım. Aynı savaşın içinde olan sizlerle, bu çok değerli tecrübeleri paylaşmak istiyorum. Sizlere bu kıymetli ölçüleri anlatabilirsem, bu savaşta daha az hata yaparak ayakta kalma şansınız artacaktır. Ve bu hayat savaşında ezilmeyeceksiniz, ezilmemeyi bileceksiniz."

Bizleri samimiyetine inandırmak için, kelimeleri itinayla seçiyor ve vurucu cümlelerle tesirli olmaya çalışıyordu.

- "Arkadaşlarım, yoldaşlarım" diye devam etti. "Sohbetime bazı sorular sorarak başlamak istiyorum. Yalnızca üç soru soracağım. Sizlerin de cevaplamanızı istiyorum."

"Birinci sorum:

"İçinizde, bütün gün boyunca tam huzur içinde olanınız var mı?"

Hiç beklemediğimiz bir anda, "güm" diye sorulan böylesine su götürücü bu soru karşısında şaşırmıştık. Bu soruyu ne için soruyordu? Ne yapmak istiyor ve nereye varmayı hedefliyordu?

Herkes kendini yoklamış olacaktı ki, bütün sîmalarda tereddütler oynaşmaya başladı. Bu yüzden kimse cevap veremiyordu.

"O adam" son derece ciddi bir ifadeyle:

"Elbette" dedi, "bu soruya 'evet' diyemezsiniz. Ben elli yıldır 'evet' diyemedim. Siz de 'evet' diyemezsiniz?

"İkinci sorum:

"Her türlü ihtiyacımı karşıladım, hiç ihtiyacım kalmadı, diyeniniz var mı?"

Arkadaki yolculardan biri:

"Ne mümkün efendim!" diye atıldı. "Hiç ihtiyaç biter mi? İhtiyaçları karşılamak nerede, biz nerede? Hele orası Türkiye'yse!"

"Çok güzel" diye karşılık verdi adam: "O zaman üçüncü soruyu sorayım:

"İçinizde, hayatımı garanti altına aldım, hiçbir şeyden korku ve endişem yok, diyeniniz var mı?"

Böylesine enteresan sorulara muhatap olan yolcular, bazen hayret içinde, bazen de gülerek birbirine bakıyordu. Ama ben, yolculardan farklı olarak, bu sohbet seyrinin nereye gideceğini bir derece sezmiş olmanın huzursuzluğu içindeydim. "O adam"ın önce güzelim sesi ve mükemmel girişleriyle iyi bir zemin hazırlaması... Yolculardan tam not alarak, onların dostluklarını kazanması... Sonradan da bu diyaloğu iyi kullanarak, insanların zaaflarını deşeleyip, hayâli hedefler göstermesi, kuşkularımı arttırıyordu.

Nihayet;

- "Bu soruları kalp rahatlığıyla 'evet' diyerek cevaplayamazsınız. Çünkü bu tür soruları ortadan kaldıran bir rejimle idare edilmekten mahrumsunuz" diyerek baklayı ağzından çıkardı.

Duygularım beni yanıltmamıştı.

Fakirliği, ezilmişliği, horlanmışlığı öylesine usta misallerle anlatıyordu ki, otobüsün içindeki çok az insan, "o adam"ın "komünizm propagandası" yaptığının farkındaydı.

Konuşmasını esprili fıkralar ve düşündürücü nüktelerle süsleyip, açık hedef olmaktan kaçınıyor ve vermek istediği mesajı, büyük bir ustalıkla veriyordu.

İşin bu tarafını hâlâ anlayamayanlar, hayran hayran onu dinliyordu:

- "Adam ne güzel konuşuyor be..."

- "Örnekleri de çok çarpıcı ha!"

- "Tam bir hatip canım..."

- "Yalnız o kadar da değil tabiî, insan psikolojisini de iyi biliyor."

- "Anlattıkları harfi harfine doğru..."

- "Profesör gibi..."

- "Daha da fazla..."

"O adam" büyük bir maharetle sürdürdüğü konuşmasına, bazen âyet ve hadisleri delil gösteriyor, sözlerinin arasına İngilizce ve Arapça cümleleri serpiştiriyordu. Bazı yolcular:

- "Çok da âlim biriymiş meğer" diye fısıldaşıyordu. "Tam bir hoca canım. Din adamı dediğin, böyle olmalı."

"Adam" bazen imâlarla, bazen de açıkça ileri sürdüğü "meşru hükümlere isyan" fikrini büyük bir cesaretle savunuyordu. Dünyada iyilik ve güzellik namına ne varsa, hepsini komünizm diye anlatıyordu.

Karşı çıkmak, itiraz etmek istiyordum... Ama otobüste "o adam"a duyulan hayranlık hislerine karşı, istediğim neticeyi elde edemeyeceğimi biliyordum. Çünkü, şuurlu bir komünist olan "o adam"la aynı görüşü paylaşanların, dindar bir insan zannederek her söylediğini din namına kabul edenlerin ve suya sabuna dokunmadan sadece eğlendirmek için çene yorduğunu sanıp, dikkat kesilenlerin arasında kalkıp itiraz etmek, neyi değiştirebilecekti?

Düşündüm... Bir kere bu "güzel" konuşmayı kestiğim için, ilk tepkiyi yolculardan görecektim. Sonra "o adam"ın gerçek bir demagog olduğunu ve apaçık bir gerçeği bile çarpıtarak yanlış olarak gösterebilme kabiliyetine sahip bulunduğunu anlamıştım. Yapacağım itiraz, yolcular önünde münakaşa şekline girerse, benim hedef olmam bir yana, anlatmak istediğim hakikatleri de uygun şekilde anlatamayacağım için, netice olamayacaktım.

Ama mutlaka bir şeyler yapmalıydım. Elimi birkaç kez kaldırıp söz almak istedim. Görüyordu. Ama ısrarla görmek istemedi. Bir anda ortaya fırlayıp bozguncular gibi ortalığı birbirine katmak ise, mağlûbiyeti peşinen kabul etmek demekti. "O adam", kendisine heyecanla yönelen saf zihinlere zehrini boşaltmaya devam ederek, iki saate yakın bir süreyle konuştu.

Adamın, cesaret ve dâvâsındaki sadakatine hayran olmuştum. Gerçekten inanılmaz bir şeydi. O yaşına rağmen, yanlış bir dava uğruna bu derece samimî duygularla katlandığı zorlukları düşündükçe, hak bir dâvâya gönül verenlerin neler yapması lâzım geldiğini bulmaya çalışıyordum.

"Adam"ın kullandığı metot son derece cazipti. Ve eminim bu buluş da kendisine aitti. Bütün konuşmalarında, kendi felsefesine bir ekol getirebilecek kadar kültürlü, zeki ve bilinçli olduğu açıkça görülüyordu.

İleride gelecek hâdiseler, tahminlerimi doğru çıkaracaktı.

İnsan psikolojisini bu kadar iyi bilmek... İnsanlarla diyalog kurmayı böylesine noksansız becermek... Başkalarını etkileme sanatını bu kadar mükemmel yapmak...

Ve savunduğu fikri anlatmak için, muhtemel tehlikelere karşı hayatını ve emniyetini hiçe saymak... Şaşılacak bir şeydi.

Hiç unutamıyorum, konuşmasını şöyle tamamlamıştı:

"Umuyorum ve ummak istiyorum. Bunun da ötesinde vasiyet ediyorum:

"Anlattıklarım, hayat savaşında ölçünüz olsun, varmak istediğiniz hedefleri sizlere göstermeye çalıştım. O hedefe gidin. O dünyayı arayın. O dünyayı bulunca, başta sorduğum sorularıma 'evet' diyeceksiniz."

Müthiş bir alkış tufanı arasında, yerine oturdu.

Teşekkürler, otobüsün içinde gelip gitmekteydi.

# TOROS DAĞLARINDA BAŞLAYAN SOHBET

Toros Dağlarına tırmanıyorduk. Öğle namazı geçmek üzere olduğu için acele ediyor ve otobüsün mola vermesini bekliyorduk. Şoförün bu işe pek niyetli olmadığını anlayınca, yerimden kalkarak öne doğru ilerledim.

- "Kaptan" diyecektim. "Namaz kılmak istiyorum, yakında duracak mıyız?"

Henüz şoföre doğru birkaç adım atmıştım ki, arkadan müthiş bir patlama duyuldu. Otobüs, sağa sola yalpalayıp şarampole girdi, yolcular ise korkudan ayağa fırlamışlardı. Kendimizi bir panik havasında dışarı attık.

Otobüsün arka tekerleri patlamıştı. Hem de ikisi birden.

Şoför, büyük bir şaşkınlıkla:

- "Vallahi" dedi, "ben on beş yıldır bu işi yapıyorum, arabanın iki arka tekerinin birden patladığını ilk defa görüyorum. Hayırdır inşaallah, işimiz uzun süreceğe benziyor."

Bu hâdiseyi daha sonra kıymetli bir büyüğüme anlatınca:

"İyi ki otobüs infilâk etmemiş" dedi. "Tekerler o küfrün ağırlığına nasıl dayansın? Elbette patlar."

Yolcuların çoğu Torosların nefes kesen yeşillikleri arasına dağılırken, ben de abdest almak üzere ilerideki çam ağaçlarının altından akan billûr gibi suya koştum. Ciğerlerime dolan tertemiz orman havasının ve dağlardaki insanı büyüleyen o güzellik karşısında mest olmuştum. Sanki her şey Allah'ın rahmetini ve kudretini haykırıyordu. Derin bir tefekküre daldım.

Namazımı kılar kılmaz da "o adam"ı aradım. Az ileride büyük bir çam ağacına yaslanmış dinleniyordu. Yüzünde yorgunluk ifâdesi değil de, dâvâsına yaptığı hizmetin lezzeti okunuyordu.

Yanına yaklaşarak selâm verdim. Gayet samimî ve sıcak bir ilgiyle selâmımı aldıktan sonra, büyükçe bir kayayı göstererek:

- "Buyurmaz mısınız?" dedi, "birlikte oturalım."

Karşı karşıya oturduk. Tatlı bir tebessüm ve gözlerindeki pırıl pırıl ifâdelerle bana bakıyordu. Anlaşılan karşısındaki insanlara "candan bir arkadaş" imajını vermekte de son derece ustaydı.

Bir şeyler demeye hazırlanırken, benden önce davranarak mesleğimi ve memleketimi sordu. Öğretmen olduğumu öğrenince de :

- "Aaaa!" dedi. "Ne kadar güzel. Hayatım boyunca yanıp tutuştuğum bir meslek. İnan ki hocam, yeniden dünyaya gelsem öğretmenliği tercih ederim. Hem de ilkokul öğretmenliğini...

"Bir milleti, çektiği sıkıntılardan kurtarmak ve yeni nesli istediğin yola kanalize etmek için, en ideal bir yol... Çünkü, işin temelindesiniz. Memleket binası, bu temel üzerine inşa edilecektir. Anlıyorsun değil mi? Bu şekilde yeni bir insan tipi meydana getirebileceksin..."

Söylediği çok doğruydu.

Hemen sezdiğim bir başka doğru da, bana iltifatlar yağdırarak tartışmayı istediği konuya çekmek ve bana kendisini kabul ettirmek düşüncesindeydi.

Bir fırsatını bularak, konuşmasının arasına giriverdim:

- "Efendim" dedim, "Sizi aramamın sebebi, otobüsteki sohbetinizle ilgiliydi. İki saati aşan konuşmanızla, yolcuları kendinize hayran bıraktınız. İnsan psikolojisini iyi bilen, son derece kültürlü bir insan olarak da günümüzün meselelerine parmak bastınız. Kanayan yaralarımızın tedavisi konusunda, birçok teklifler ve çıkış yolları gösterdiniz.

"Konuşmalarınızı dikkatle dinledim ve gördüm ki, fikirlerinizi daha çok siyasî ve ekonomik konular ile birtakım felsefî hususlar üzerinde yoğunlaştırdınız. Çâre olarak da, Marksizmi ve komünizmi takdim ettiniz. Ve özellikle, Marksizm mevzuunda oldukça kapasiteli bir insan olduğunuzu ispatladınız. Elbetteki böyle çok boyutlu bir insandan istifade etmem lâzım geldiğini anladım ve kısa da olsa özel sohbet etmek için yanınıza geldim."

Karşımdaki "o adam", benim bu küçük iltifatımdan hoşlanmıştı. Bana doğru eğilerek:

- "Genç hocam" dedi, "sizlere yardımcı olmak, beni son derece mutlu kılar. Eğer benden açıklamamı istediğiniz bir husus varsa, çekinmeyin sorun. Bilgi dağarcığımı, geleceğimizin garantisi durumunda olan siz gibi öğretmenlerimize, bir defa değil, bin defa önlerine sererim."

İşin başında, konuya nereden ve nasıl gireceğimi pek kestirememekle birlikte, sohbetimizi imânî konulara çekmek istiyordum. Çünkü, karşımdaki "adam"ın şuurlu bir Marksist ve kendi sahasında ileri derecede söz sahibi birisi olduğunu anlamıştım. Konuşmalarında, her ne kadar âyet ve hadislerden bahsettiyse dahi, bunu benimseyerek değil, karşısında bulunan yolcuların dinî duygularından istifade için yaptığı, her hâlinden belli olmaktaydı.

Büyük bir inanç boşluğu içinde olduğunu hissettiğim "o adam"a, önce Allah'ın varlığını ve diğer imânî meseleleri, akla yatkın ve ilmî metotlar içinde anlatmalıydım. Ekonomik ve felsefî hususlar bundan sonra konuşulabilirdi. Çünkü inanmayan bir adama Allah'tan ve Kur'ân'dan bahsetmek, hiçbir fayda vermeyecekti.

Bu noktadan hareketle benden soru sormamı ve herhangi bir konuda bilgi istememi bekleyen "o adam"a dönerek:

- "Efendim" dedim. "Toparlayabildiğim kadarıyla konuşmanızda hep geniş dairelerin genel problemlerinden bahsettiniz. Bütün dünya... Bütün insanlık... Siyasî ve ekonomik konular... Genel dertler ve çâreleri...

"Halbuki ben, uzak ve geniş meselelere önce yakınımdan başlamak istiyorum. Meselâ kendimi bilmek, tanımak, taşıdığım gizli ve açık sırların önemini kavramak ve hareket noktasını kendi içimden tesbit etmek istiyorum. Yıllar yılı bu konuda kafamı işgal eden birçok sorularım olmuştur. Doğrusunu isterseniz açık ve net bir cevap alamadım. Belki siz, bu sorularıma bir çıkış yolu gösterebilirsiniz."

Yine başını tebessümle sallayarak sorumu beklediğini ifade edince, konuşmamı sürdürerek:

- "Ben kendimden başlamak istiyorum," dedim. "Sizce insan nedir? Mahiyeti ve sırları neyi göstermektedir? Bir türlü sırlarına ulaşılamayan bu dev muamma niçin vardır? Ve varlığı neye bağlıdır? Bu varlığın tercihini kim yapmıştır? Bu soruların cevabını yıllardır düşünmeme rağmen bir türlü içinden çıkamıyorum. Beni bu konuda aydınlatın lütfen. Çünkü sizin gibi kapasiteli bir insana bir daha rastlayacağımı zannetmiyorum."

Karşımda oturan "o adam"ın birden ciddîleştiğini gördüm. Bakışlarındaki o tatlı pırıltı bir anda silinerek donuklaşmıştı. Herhalde böyle bir soruyu hiç beklemiyordu.

Bir müddet sonra:

- "Doğrusu bu konuyu bugüne kadar sorunuz ölçüsünde ciddi olarak düşünmemiştim" dedi. "Siz bu konuda ne düşünüyorsunuz? Sizce insan nedir?"

Konuyu istediğim noktaya çekince biraz rahatlamıştım.

Devam ettim:

- "Efendim" dedim. "Bu konuyu merak edince, tabiî ki kendi çapımda bir araştırma yaptım. İlmine ve kütürüne inandığım yakın bir dostuma da bu konuyu açmıştım. Faydalanmam için bana bir kitap vermişti. Okudum. İçinde çok önemli konular bulunuyor. Ancak dili biraz ağırca. Bir kısmını tam anlayamadım. Siz, oldukça kültürlü bir insansınız. Ve Osmanlıca kavramları da herhalde iyi biliyorsunuz. O kitabın anlaşılmayan yerlerini size okursam, bana izah eder misiniz?"

- "Gayet tabiî hocam" dedi. "Kitap üzerinizdeyse buyurun. Elimden geldiği kadarıyla size yardımcı olmaya çalışırım. Böylelikle, sizin olduğu kadar benim de merak ettiğim bir konuyu öğrenebiliriz."

Ceketimin iç cebindeki kitabı çıkardım.

Kitabın adı, Meyve Risalesi...

"Altıncı Mesele"yi açtım.

# "ÖNCE ALLAH'A İMANI ANLATMALIYIM"

Karşımda, materyalist felsefenin parmakla gösterilecek kadar şuurlu bir sîması oturuyordu. Âdeta, "o dâvâ"yı temsil eden "o adam"a karşı imân dâvâsının muzafferiyeti için bütün kalbimle Allah'a yalvarıyor ve âcizliğimi şefaatçi yaparak yine ona sığınıyordum.

Elimdeki kitapta okuyacağım "Altıncı Mesele", Allah'a imân hakkındaydı. Allah'ın varlığını ve birliğini, aklî, ilmî ve mantıkî tarzda izah ediyordu. Öncelikle bu meseleyi anlatmaya çalışacaktım. Çünkü her şeyin başı Allah'a imândı ve bu husus izah edilip açıklığa kavuşturulunca, diğer meseleler çok kolay halledilecekti.

Kitabı, okuduğunu pek anlamayan ve orada yazılanlara yabancı olan bir insan tavrıyla okumak istiyordum. Çünkü bu konuda bir şeyler bildiğimi ifade edersem, mevzunun tartışma havasına girmesinden korkuyordum. Halbuki ben, kendisinden bazı hususları öğrenmek istediğimi nazara vermeliydim.

Allah'a iman ve Allah'ın varlığının harika örneklerini sunan "Altıncı Mesele"nin misallerini okumaya başladım:

"Nasıl ki, mükemmel bir eczahane ki, her kavanozunda harika ve hassas mizanlarla alınmış hayattar tiryaklar ve macunlar var. Şüphesiz gayet maharetli ve kimyager ve hakîm bir eczacıyı gösterir. Öyle de, küre-i arz eczahanesinde bulunan ve dört yüz bin çeşit nebatat ve hayvanat kavanozlarındaki zihayat macunlar ve tiryaklar cihetiyle, bu çarşıdaki eczahanede ne derece ziyade mükemmel ve büyük olması nisbetinde, okuduğunuz fenn-i tıp mikyasıyla (tıp ilmi ölçüsüyle) Küre-i arz eczahane-i kübrasının eczacısı olan Hakîm-i Zülcelâl'i hatta kör gözlere de gösterir, tanıttırır."

Kitabı dikkatle dinleyen "o adam"a, misal bitince sordum:

- "Efendim, bu misal ne demek istiyor acaba, biraz izah eder misiniz?"

Gözlerini ilk defa bir şey keşfediyormuş gibi bir noktaya diktikten sonra, düzgün ve tek tek seçtiği kelimelerle konuyu izaha çalıştı:

- "Yani demek istiyor ki, bir eczahanenin içinde bulunan hayat ve şifa verici ilâçlar, onların iyi bir kimyager tarafından yapıldığını gösterir. Bir ilâcın ustasız ve kimyagersiz meydana gelmesi imkânsızdır. Aynen bunun gibi, dünya da o eczahaneden daha büyük ve daha mükemmel bir eczahanedir. Dünyanın içinde bulunan dört yüz bin çeşit bitki ve hayvanların da, o ilâçlar gibi maharetli bir eczacı tarafından yapılması icap eder.

"O küçük eczahanedeki ilâçlar bir kimyager tarafından

yapılıyorsa, bu dünya eczahanesi de eczacısız ve kimyagersiz olmaz. O da Allah olmalıdır."

Misâlden anladığını yorumladıktan sonra, sanki onu başkasından duyuyormuş gibi, sağ elini sol elinin içine vurup:

"Mükemmel bir örnek" diye gürledi. "Orijinal. Çok harika."

Bu olağanüstü tesirin ciddiyet derecesini öğrenmek için yüzüne baktığımda, gerçekten samimî olduğunu anlamakta zorlanmadım.

Heyecandan, kalbimin vuruşlarını hissediyordum.

Okuduğum konuda dört misal daha olduğu için:

"Efendim, dedim. Bu konuda başka örnekler de var. Okumaya devam edebilir miyim?" diye sordum.

Kendine has ağırlığı ve ciddiyetiyle:

- "Buyurun hocam," dedi. "Lütfen devam edin."

Kendimi zor frenleyebildiğim bir heyecanla okuduğum çarpıcı misallerin açıklamalarını büyük bir takdirle yapan "O Adam", her izahının ardından da:

"Müthiş bir şey. Duymadığım doğrular" diye hislerini belirtiyordu...

Özellikle şu misal, fevkalâde dikkatini çekmişti:

"Hem nasıl ki: Bir hârika şehirde milyonlar elektrik lâmbaları hareket ederek her yeri gezerler. Yanmak maddeleri tükenmiyor bir tarzdaki elektrik lâmbaları ve fabrikası, şeksiz, bedâhetle elektriği idare eden ve seyyar lâmbaları yapan ve fabrikayı kuran ve iştial maddelerini getiren bir mu'cizekâr ustayı ve fevkalâde kudretli bir elektrikçiyi hayretler ve tebriklerle tanıttırır; yaşasınlar ile sevdirir. Aynen öyle de, bu âlem şehrinde dünya sarayının damındaki yıldız lâmbaları, bir kısmı kozmoğrafyanın (astronominin) dediğine bakılsa, küre-i arzdan bin defa büyük ve top güllesinden yetmiş def'a sür'atli hareket ettikleri halde, intizamını bozmuyor; birbirine çarpmıyor, sönmüyor, yanmak maddeleri tükenmiyor.

"Okuduğunuz kozmoğrafyanın dediğine göre, küre-i arzdan bir milyon defadan ziyade büyük ve bir milyon seneden ziyade yaşayan ve bir misafirhane-i Rahmaniyede bir lâmba ve soba olan güneşimizin yanmasının devamı için her gün küre-i arzın denizleri kadar gaz yağı ve dağları kadar kömür veya bin arz kadar odun yığınları lâzımdır ki sönmesin. Ve onu ve onun gibi ulvi yıldızları gaz yağısız, odunsuz, kömürsüz yandıran ve söndürmeyen ve beraber ve çabuk gezdiren ve birbirine çarptırmayan ve nihayetsiz kudreti ve saltanatı, ışık parmaklarıyla gösteren bu kâinat şehr-i muhteşemindeki dünya sarayının elektrik lâmbaları ve idareleri ne derece o misâlden daha büyük, daha mükemmeldir..."

Henüz misalin sonunu getirmemiştim ki:

- "Bu konu çok derin" diye araya girdi. "Ben astronomiyle biraz meşgul oldum. O akıl almaz sırların içine girilince pek çıkılamıyor, boğuyor insanı. Bu misâlde de anlattığı gibi, evrende ince bir düzen var. Bu nizamın nasıl ve kim tarafından korunduğu konusuna, farklı insanlar tarafından farklı yorumlar getirilmiş.

"Ama şunu ifade etmek isterim ki, ille de bir Allah aramak gerekirse, astronomi ilmi insana çok şeyler anlatacaktır."

Konunun imanî tarafına kuvvet kazandırmak için,

"Efendim" dedim. "Geçenlerde ilmî bir kitapta (Yıldızların Esrarı, Hüseyin Demirkan) bu konuda şöyle bir yorum okumuştum, müsaadenizle anlatayım:

- "Buyurun" der gibi başını salladı.

- "ABD'de bulunan Mount Palomar Rasathanesindeki dünyanın en güçlü optik teleskopu olan 200 inçlik Hâle teleskopunun gözlem sahası içine 800 milyon galaksi girmektedir. Kâinatta ne kadar galaksi olduğu konusunda tahmin yürütmek bile imkânsızdır. Çünkü, kâinatın gözlenebilen kısmının bütün kâinat içinde ne kadar yer işgal ettiği bilinmemektedir. Belki yüz milyar galaksi, belki daha fazla...

"Çoğunluğu 100 milyar dolayında yıldızı ihtiva eden sayısız galaksiler içinde 100 milyardan fazla yıldızı olanlar da vardır. Bu yıldızların birçoğu ise, güneşimizden binlerce misli büyük devlerdir.

"İçinde bizim bulunduğumuz Samanyolu Galaksisi, bugüne kadar varlığı hesaplanan 100 milyar galaksiden sadece bir tanesidir. Samanyolu galaksisinin yıldız sayısı 200 milyar olarak hesaplanmıştır. Samanyolu galaksisinin çapı ise 100 bin ışık yılıdır. (Işığın bir saniyedeki hızı 300 bin kilometredir.) Saatte 10 bin kilometre hızla giden bir roketle Samanyolu'nu bir ucundan diğer bir ucuna gitmeye kalksak, bu seyahati 15 milyar 800 milyon senede tamamlayabilirdik.

"Aynı rota üzerinde ilerleyen iki galaksiden arkadakinin hızı, öndekinin hızından daha fazla olursa, iki dev galaksi milyarlarca yıldızlarıyla birlikte birbirlerine gireceklerdir. Her bir yıldızın birkaç çeşit hareketi olduğu gibi, her galaksi de ayrıca kendi ekseni etrafında dönüş hâlindedir. Bir galaksinin çapının yüzbinlerce ışık yılıyla ifade edildiği düşünülürse, iki galaksinin birbiri içinden geçmesi, milyarlarca sene alacaktır. Bu sırada yıldızların birbirine çarpmaması ve intizamlarını bozmaması, insanı ister istemez hayrete düşürmektedir.

"Bu ince ve dakik sırlarla, derin ve akıl almaz hesaplarla aklı acze düşüren bu muhteşem sistemin plân ve programı kimin eseri olabilir?

"Tesadüfün mü? Tabiatın mı? Sebeplerin mi? Yoksa bir Kadir-i Zülcelâl'in mi?"

Karşımda beni biraz endişe, biraz da merakla dinleyen "o adam"a tekrar baktım. Suskun ve düşünceliydi.

Devam ettim:

"Ortada birtakım kanunlar vardır. Bu kanunlara büyük bir itinayla uyulmaktadır. Bu kanunları koyup bütün kâinatı bu kanunlara itaat ettiren kimdir?

"Eğer bu plân ve programcının Allah olmadığını iddia edersek, şu görüşleri kabul etmek zorunda kalırız:

"Biricisi: Kâinatın kendi kendine meydana gelmiş olduğunu ileri sürmek için, evvelâ kâinatın herbir zerresinde bütün kâinatı görüp bilecek ve ona göre vaziyet alacak bir akıl ve bilgi bulunduğunu farz etmek gerekir. Çünkü meydanda aşikâr bir ilim eseri görülmektedir. Eğer bu ilim, bu kâinatı yaratan bir tek mîmara verilmezse, kâinatın değil bütün yıldızlarında, hatta bütün zerrelerinde bu ilmin varlığını kabul etmek lâzım gelecektir.

"İkincisi: Kâinatın zerreleri, kendiliğinden var olduğu farz edilen bu akıl ve ilim ile birlikte, aralarında kusursuz bir anlaşma sağlamaları ve milyarlarca sene boyunca bu anlaşmayı bir saniye bile bozmaksızın tam bir ittifak içinde hareket etmeleri icap eder.

"Üçüncüsü: Kâinatın zerreleri, bu kusursuz kanunları meydana getirmek suretiyle kanun koyucu ve hâkim vasfı kazanacaklar, hem de bu kanunlara kendi kendilerini mahkûm edeceklerdir. Hâkimiyetin ve mahkûmiyetin bir şahısda toplandığı dünyada görülmemişken, sayısız kâinat zerrelerinin tümünde birden toplandığı nasıl düşünülebilir?

"Dördüncüsü: Bu faraziye ile, kâinatın her bir zerresinde misilsiz bir fedakârlık hissinin bulunduğunu kabul etmek lâzım gelir.

"Atomlardan, hücrelerden, tohumlardan, galaksilere ve pulsarlara varıncaya kadar kâinatın her köşesinde kendini gösteren böylesine hassas bir nizamın tesadüflerden, sebeplerden ve tabiattan ibaret olduğunu söylemek, aklı başında bir insan için mümkün değildir. Bütün bu intizamlı işlerin arkasında, bir kudret eli görülmektedir.

- "Sizce de böyle değil mi, beyefendi?" diye sordum.

Suskun ve durgun bir şekilde:

- "Bir şeyler olmalı ya!" diye cevap verdi.

Toros Dağları sohbetimize kucak açmış, o göz kamaştırıcı muhteşem güzellikleriyle her zerresi Allah'ın varlığına bir delil olarak, âdeta "Siz, bize baksanız yeter. Ben size binlerce, milyonlarca misaller sunuyorum" demek istiyordu. Pırıl pırıl suların aktığı o yem yeşil manzaralar içinde süren sohbetimiz, bir ikram-ı İlâhî olarak devam ediyordu.

## DEMEK BU KİTAP!

Çok zeki bir insandı. Bir şeyi kavrama ve yorumlama kabiliyeti fevkalâdeydi. Öyle ki, yıllardır âşina olduğum birçok meseleyi onun kadar anlayamamış olduğumu görüyordum. Osmanlıca ibareleri çok iyi biliyordu. Hayretime giden bir tarafı da, hakperest oluşuydu. Marksizmi savunan birçok insanda görüleceği gibi, kuru bir inadı ve katı bir taassubu yoktu. Aklına ve mantığına uygun düşen bir konuyu mertçe kabullenip, tasdik ediyordu.

Tahminen, bir saate yakın süren konuşmamızın sonunda, kitabı istedi. İsmini ve yazarını okuyunca:

- "Demek bu kitap ha?" diye hayretini belirtti. "Biz, bu kitaplar ve yazarı hakkında ne kadar da yanlış şeyler biliyormuşuz meğer."

Aramızda, kısa sürede güzel bir dostluk kurulmuştu. İkimiz de birçok meseleyi rahatlıkla konuşabileceğimize inanmıştık.

"O adam", bir ara konuyu, felsefî ve ekonomik sahaya çekmek istedi. Ben ise hemen tevhid konusuna dönmüştüm. Çünkü böylesine güçlü bir "adam"la kendi sahasında tartışabilmek için, ilk önce inanç meselesinin halledilmesi gerektiğini biliyordum.

Lastikler tamir edildiğinde, kolkola girerek otobüse döndük. Herkes bu dostluğun sırrını merak eder gibi, hayran hayran bize bakıyordu. Yanımdaki gençle yer değiştirmesini ve aynı koltuğu paylaşmamızı teklif ettiğimde, bunu memnuniyetle kabul etti. bu şekilde otobüsteki sohbetimiz de başlamış oldu.

Yol boyunca süren konuşmamız, yolcuların da dikkatini çekmişti. Söz hakkı bana geçince yüksek sesle konuşmayı tercih ediyor, "O adam"ın saatler süren konuşmasıyla tesir altında kalmış olan yolcuların, bu sohbetten istifade etmelerini arzu ediyordum. Bir ara etrafa kulak verdim. Otobüsün sesinden başka en ufak bir kıpırtı yoktu. Herkes dikkat kesilmiş ve tamamen konuşmalara kilitlenmişlerdi.

Konuşmalarımı, Allah'a imân üzerine yoğunlaştırmaya devam ederken, birden sözümü keserek:

- "Hocam" dedi, "sana çok samimî bir sual sormak istiyorum. Ama bana doğruyu söylemelisin."

"O adam"ın bu âni çıkışı karşısında oldukça şaşırmıştım. Yine de sakin bir ifadeyle:

- "Buyurun efendim" dedim. "Size elbette ki doğruyu söylerim." Başka türlü asla düşünmeyin.

Kaşlarını yay gibi gerdi, derin bir ses tonuyla başladı:

- "Sizinle ilk sohbetimizde bana kitap okumaya çalışırken, hiç bir şey bilmiyormuş gibi davrandınız" dedi. "Gerçekten o kitaptan okunanları anlamıyor muydunuz? Yoksa bana kendi görüşünüzü empoze etmek için, kullandığınız metot muydu?"

Çok zeki olan yol arkadaşım, durumu fark etmekte gecikmemişti.

Yavaşça fısıldayarak:

- "Okuduğum kitabı anlıyordum efendim" dedim. "Ama sizin gibi değil, tabiî..."

- "Yani bana kendi meseleni anlatmak için, câhil numarası yaptın, öyle mi?"

İtiraf etmek zorunda kalmıştım:

- "Efendim" dedim, "size birtakım doğruları anlatabilmek için bu metodu uyguladığım doğrudur. Ama buna bir numara diyemeyiz. Size yaklaşabilmek için, öyle davranmak zorundaydım."

"O adam"a bu sözleri söylerken oldukça zorlanmıştım. Durumu kavradığı için:

- "Hayır hayır" diye atıldı. "Size kızdığım için veya hakaret için sormadım, bunları. Tam tersine, içten teşekkür etmek istiyorum. Bana bu konuları anlatabilmek için gerçekten en iyi yolu seçtiniz. Yıllardır aklımı meşgul eden ve beni bunaltan konulardı bunlar. Sohbeti bu sahaya çekmekle iyi ettiniz. Henüz işin başındayız ve eminim sizin gibi bir arkadaşla daha birçok meseleyi konuşabiliriz. Ama kullandığınız iletişim tekniği, son derece etkiliydi.

Bundan sonra soru soran kendisi oldu. İslâmın muğlak ve izaha muhtaç gibi görünen ve bu yüzden materyalistlerin hücumuna uğrayan birçok konularını gündeme getirdi.

Özellikle mantıkî cevaplar isteyen hususlar, ağırlık kazanıyordu.

Konuşmalarımızdan hoşlanmış olacak ki, bir ara heyecanla:

- "Bak hocam" dedi. "Sizinle çok ciddi ve önemli konularda sohbet edebileceğimize inanıyorum. Bunun için, başa dönelim ve tartışmamıza temelden başlayalım. Nereye kadar gidebiliriz veya neleri halledebiliriz bilemiyorum, ama galiba sizinle iyi bir yolculuk yapacağız."

Arkadaşımın bu tavrına, yakın bir alâka gösterdim. Çünkü böylesine samimî bir havada, her meselenin konuşulabileceğine inanıyordum. Bunun için de son derece saygılı ve nezaketli davranmaya çalışıyordum.

Muhatabım devam etti:

- "Önce şu konuyu ele alalım:

"Birçok ilim adamı, maddeyi 'ezelî' olarak tarif eder. Madde 'ezelî' olunca 'ebedî' de olacak demektir. Yani, kâinatta madde esastır. Ezelî ve ebedî olan madde için Allah'a ihtiyaç kalmayacaktır. Dolayısıyla Allah anlayışına da gerek yoktur."

İslâmiyet ve Kur'ân hakkında son derece önemli sorularla karşılaşacağımı hissettiğim için, yolculuk boyunca; gerek karşımdaki muhatabım, gerekse bizi dikkatle dinleyen yolcuların istifade etmeleri bakımından Cenab-ı Hakka bütün samimiyetimle iltica ediyor ve muvaffakiyetim yolunda acziyetimi ve zafiyetimi şefaatçi yaparak, Ona yalvarıyordum.

Benden cevap bekleyen arkadaşıma doğru döndüğümde, bizleri dinleyen yolcuları da karşıma almış oluyordum.

Yani konuşmalarımızı öyle ayarlamalıydım ki, hem "O Adam" ikna olmalı, hem de zihni karışan yolcular istifade etmeliydiler.

- "Beyefendi" diye başladım. Saygılı ve güler yüzlü bir şekilde "Madde ezelî midir, değil midir, konusuna gelmeden önce maddeyi tanımamız gerekir. Madde dediğimiz unsur nedir? Hususiyeti, mahiyeti, tâbi olduğu ölçüler ve kanunlar nasıldır? Bunları bilmemiz lâzım. Ondan sonra madde hakkında görüşlerimizi anlatabiliriz."

Karşımda bütün ciddiyeti ve dikkatiyle beni dinleyen "O Adam":

- "Tabiî" der gibi, başını sallayınca devam ettim:

- "Maddeyi tanımak için, maddenin en küçük parçası olan atomdan başlamamız gerekir. Bu konudaki kitaplar karıştırıldığında atomlardan 'kâinatın yapı taşları' olarak bahsedildiği görülür. Atomların değişik oranlarda bir araya gelmesiyle moleküller meydana gelir. Etrafımızdaki âlem, içindeki canlı cansız, sayılamayacak kadar çok değişik varklıklar, bu moleküllerden inşa edilmiştir.

"Atomu, gerek kendi içinde dengeli hareket ettirmek, gerekse komşularıyla çok hesaplı ilişkiler kurmasını sağlamak için, dört kuvvetten oluşan çok hassas bir kanun konmuştur.

"Son derece hesaplı ve dengeli olan bu kanunun hüküm sürmesiyle, kâinatın ve bizlerin varlığı mümkün olabilmektedir. Öyle ki, bu kanunu meydana getiren dört kuvvetten biri olan nükleer kuvvet olmazsa, atom çekirdeği teşekkül etmez.

"Zayıf kuvvet, adı verilen kuvvet bulunmazsa, elektronlar meydana gelmez.

"Elektromanyetik kuvvet olmazsa, atom da oluşmaz. Ve çekim kuvveti yok olsa dünya olmaz, güneş olmaz, biz olmazdık.

"Kısacası bu kuvvetlerden birinin eksikliği, kâinatın sonu demektir. Hatta onların birindeki zaaf veya hesap hatası dahi, aynı neticeyi meydana getirir.

"Tabiî, burada atomların küçüklüğünü de dikkate almak lâzımdır. Bir santimetre küp havada beş milyon kere beş milyon atom bulunduğu düşünülecek olursa, atomların ve atomlardan teşekkül eden kâinatın yaratılışındaki sırlar, daha iyi anlaşılır."

Atomun mâhiyeti ve faaliyeti hakkında ilmin tesbit ettiği hususları, kendi mesleğimden bir örnek vererek anlatmaya devam ettim:

- "Bir sınıfta öğretmen olduğumuzu farz edelim. Kendi aralarında 15-20 öğrenci konuşuyor ve hepsinin sesleri birbirine karışmadan sür'atle ve atomlar vasıtasıyla bize ulaşır. Aynı atomlar, güneşin ışığını, ısısını ve yedi rengini de sınıfa getirir. Sobamızdan çıkan sıcaklık da atomlar eliyle etrafa yayılır. Aynı anda uzaklardaki bir radyo sesi, gök gürültüsü veya zil sesi de duymuş olabiliriz. Bu iş de, aynı atomların vazifesidir.

"Sınıfımızın etrafını yüz bin insan sarsa ve hepsi de bize değişik tonlarda, değişik şivelerde ve değişik dillerde seslenseler, aynı atomlar bu sesleri birbirlerine karıştırmadan aynı sür'atle naklederler.

"Canlı, akıllı ve şuurlu bir insanın bir anda beş altı iş yaptığını, meselâ birisiyle konuşurken başka birini dinlediğini, bu arada yazı yazıp kafasında çeşitli hesaplar çözdüğünü duysak, gazetelere manşet yapar, dünya rekortmeni ilân ederiz. Cansız, akılsız, gözsüz ve şuursuz, küçücük bir atomun bir anda binlerce işi eksiksiz, karıştırmadan ve aynı mükemmellikte yapması, akılları durduran bir hâl değil midir?

"Küçük bir atomdan, muhteşem galaksilere kadar hükmeden bu kuvvetleri, ince ve hassas hesaplarla koyup işleten, kâinattaki nizamı ve dengeyi sonsuz bir ilim ve kudretle idare eden kuvvet kime aittir? Bu akıl almaz hesabı hangi tesadüf ve hangi tabiat yapabilir?"

Arkadaşım, dikkatle dinlediği sözlerimin bu noktasından söze karışıp:

- "Şu olamaz mı?" dedi. "Yani ilkel terkipler ve kanunlar, zamanla kendilerini yenileyip, daha mükemmel hâle gelmiş olamazlar mı?"

Kendince çok ciddi ve bence gülünecek değerdeki bu soruya karşı tebüssüm ederek:

- "Beyefendi," dedim, "Affedin, ama ben aynı soruyu tersine çevirerek size sormak istiyorum. Diyelim ki ortada çok basit bir kanun var. Bu kanunun, kanun koyucusuz meydana gelmiş olması mümkün mü? Tarihe ilk yazılı kanunlardan birisi olarak geçen Hammurabi kanunları, Hammurabi'siz düşünülebilir mi?"

- "Tam anlayamadım?" der gibi yüzüme baktı.

Devam ettim:

- "Şunu demek istiyorum: Bir yığın kum, taş, çimento ve demir bulunduğunu kabul edelim. Ortada bir usta, bir plân ve proje olmadan, bu maddelerin bir araya gelerek bir saray inşa etmesi düşünülebilir mi? Böylesine mükemmel bir sarayın kendiliğinden teşekkül etmesi mümkün müdür?

"Galiba bizler, kâinatın muhteşem sistemini, nizamını ve harikulâdeliğini kanunlarla izah ettiğimizi zannedip, işin içinden kolayca çekiliveriyoruz. Kanunları keşfetmekle iş bitmiyor. Asıl işi o kanunu koyan kudret sahibini bulmakla başlıyor.

"İnsanda bir merak vardır. Bu merakla, keşfettiğimiz bir şeyin ustasına karşı hayranlığımız daha çok artmalı ve onun kim olduğunu anlamaya çalışmalıyız.

"Küçük bir incir çekirdeğinden koca bir incir ağacını ve onun binlerce meyvesini çıkaran, maddesi bir olan atom parçacıklarından kâinatı ve içindeki canlı cansız mahlûkatı yaratan, dört ana kuvvetle varlıkları dengede tutan bir kudret sahibine karşı insan nasıl alâkasız kalabilir? Bu muhteşem sırları keşfettikten sonra kâinat sahibini nasıl görmezlikten gelebiliriz?"

Son cümleyi beklemeden, söze karıştı:

- "Yani madde ezelî değil, öyle mi?"

- "Maddeye hükmeden bir Kudret Sahibi var. Ona şekil ve biçim veren, kendine tâbi kılan ve yarattığı insanın emrinde çalıştıran bir kudret..."

Yine sözümü kesip;

- "Ama" dedi, "maddenin ezelî olmadığı, ispat edilmemiş deniyor."

- "Ezelî olduğu da ispat edilmemiş ve yalnızca bir varsayım olarak bazı çevrelerce ortaya çıkmıştır" diye devam ettim. "Bunun yanında, özellikle Batılı ilim adamları son yıllarda kâinâtın sonradan yaratıldığı fikrine iştirak ile, Kur'ân'ın yaratılış konusundaki beyanına en uygun açıklamalar getiren 'Big Bang' teorisini savunmaya başlamışlardır."

Sakin bir tavırla:

- "Evet" dedi. "Bunu ben de duymuştum. Ama detaylı bir bilgim yok. Fakat merak ediyorum. Doğrusu bu konuyu dinlemek isterim."

Derin bir iç çekerek arkaya yaslandı ve gözlerini meçhul bir ufka dikti.

# BÜYÜK PATLAMA

Ben de, konuyu özet olarak toparlamaya çalıştım:

- "Big Bang, kâinatın başlangıcı ile ilgili olarak hâlen astronomi çevrelerince kabul görmeye devam eden teorilerin genel bir ismidir. Big Bang'in esası, kâinatın bir başlangıcı olduğu gerçeğine dayanmaktadır.

"Büyük Patlama, olarak da bilinen Big Bang'e göre uzay ve galaksiler, başlangıçta sıcak ve sıkışık tek bir madde olarak yaratılmıştı. Bu madde dehşetli bir patlamayla uzaya serpildi. Bunlar, kâinatı teşkil edecek olan enerji ve madde parçacıklarıydı. Sonra, madde parçacıkları ve radyasyon, kurulmakta olan kâinatın modeline uygun şekilde ve nisbette taksim edildi. Zemin hazır olunca atomlar, önceden tayin edildiği aşikâr olan düzenli bir model üzerine kuruldu. Fizik ve kimya kanunları olarak bildiğimiz mekanizmalar işletildi. Proton, nötron ve ağır elementler husule geldi. Yıldızlar doğdu, güneş ortaya çıktı. Galaksiler teşekkül etti.

"Son yıllardaki araştırmalar, kâinatın hızla genişlediğini, galaksilerin birbirinden uzaklaştığını göstermektedir. Bu genişleme olayı tersine çevrilse, bir büzülme görülecek ve bütün kâinat bir madde hâline gelecektir.

"Bu araştırmalar, kâinatın bir 'sıfır' noktasından başladığını göstermektedir.

"Kur'ân-ı Kerim'de, göklerin ve yerin altı günde, dünyamızın ise iki günde yaratıldığı ifâde edilmektedir.

"Tabiî buradaki gün tabiri, Allah'ın bildiği 'devir ve safha' mânâsındadır. Kur'ân'da bizim günümüzle 'bin' hatta 'elli bin' seneye denk olan günlerden bahsedilmektedir. Yani Kur'ân'daki bu ifadeler, yaratılış safhalarına işarettir.

"Cenab-ı Hak, ilk önce su gibi akıcı olan ve kâinatın her tarafını kuşatmış bulunan 'esir' maddesini yaratmış, gökleri ve yerleri bu 'esir' maddesinden inşa etmiştir.

"Asrımızın çok kıymetli bir âlimi olan Bediüzzaman Hazretleri de kâinatın ilk yaratılış maddesi olan cevherin ne olduğu konusuna, Hud Sûresinin 7. âyeti ile işaret ederek şöyle demiştir: 'Cenab-ı Hakkın arşı, su hükmünde olan esir maddesi üzerinde imiş. Esir maddesi yaratıldıktan sonra, Saniin ilk icatlarının tecellisine merkez olmuştur. Yani, esiri halk ettikten sonra cevher-i ferde (atomlara) kalbetmiştir.'"

"Bediüzzaman, esirin mahiyetinden bahsederken, akıcı bir su gibi, mevcudatın aralarına nüfuz etmiş bir maddedir görüşünü ileri sürmektedir. Ayrıca, elektrik, ışık, sıcaklık ve çekim kuvveti gibi lâtif ve akışkan maddelerin esirden yapıldığına ve böylece kâinatın her tarafına yayıldığına işaret etmektedir. (Detaylı bilgi için bak, İşârât'ül-Î'caz, s. 194; Sözler, s. 605.)

"Esir maddesi, hiçlikten yaratılmış sonra Cenab-ı Hakkın ilk icatlarına temel olmuş ve atomlar bu maddelerden halk edilerek gaz, sıvı ve katı hallerde hizmete koşturulmuştur. İlk olarak katılaşıp, hizmete hazırlanan gezegen ise dünyamızdır.

"Gökyüzündeki yıldız ve gezegenler, uzun müddet önce gaz, sonra sıvı hâlinde bir ateş kütlesi olarak kaldığı halde, yeryüzü hepsinden evvel katılaşıp kabuk bağlamış ve hayata zemin teşkil etmiştir. Bu itibarla dünyamızın yaratılışı ve teşekkülü, semavattan ve diğer gezegenlerden evveldir.

"Arz ve semavat birbirine yapışık idiler. Sonra biz onları birbirinden ayırdık' meâlindeki âyetin ifâdesinde, başlangıçta dünyamızın ve semavatın birbirlerine yapışık oldukları ve sonra birbirlerinden ayrıldıkları anlaşılmaktadır. Bu ifade, modern ilmin izahına da çok uygun düşmektedir."

Verdiğim bilgileri dikkatle takip eden yol arkadaşım, sözümü yine yarıda keserek:

- "Çok şaşırdım doğrusu hocam" dedi. "Esir maddesi hakkında söylediklerinizi hiç duymamıştım. Kâinatın ilk maddesi olması mantıklı bir açıklama."

Devam ettim.

- "Efendim, Enbiya Sûresinin 30. âyetinde, 'Her şeyi sudan yarattık' şeklindeki ifâdeyi, birçok âlim, 'Bu su, esir maddesine işarettir' demiştir. Çünkü esir maddesi su kadar akışkan, ince ve lâtif bir maddedir."

"O Adam" gittikçe direniyordu.

"Hocam, yine de ben bu 'yoktan yaratma' ifadesini kabullenemiyorum. Yani birşey nasıl 'yoktan' yaratılır. Yok demek, maddesiz demektir. Maddesi olmayan bir şey nasıl yaratılır?"

"İzah etmeye çalışayım" diye gülümseyerek devam ettim:

- "Cenab-ı Hakkın iki tarzda icadı vardır; birisi 'ibda', yani hiçten, yoktan yaratmak, icad etmektir. Diğeri ise 'inşa', yâni yaratılmış unsurları bir araya getirmek suretiyle yeni bir mahlûk ortaya çıkarmak, yaratmaktır.

"Bütün maddenin özünü meydana getiren ve kâinatın ilk cevheri durumunda bulunan 'esir' maddesi yoktan yaratılmıştır. Bu madde, İlâhî hikmetle patlatılmış, atom, enerji ve diğer temel parçacıklar vücuda getirilmiştir. Bu ilk yaratma işi, bir defaya mahsus olmak üzere yapılmış ve 'inşa' dediğimiz, eşyanın mevcut elementlerden yaratılması kapısı açılmıştır.

"Artık şu an, zerratın 'yok'tan yaratılması bahis mevzuu değildir. İlk yaratılışta madde lâzım olduğu kadarıyla bir defaya mahsus olarak yaratılmıştır. Ancak her baharda yeniden vücut bularak canlanan milyonlarca bitki ve ağaç; şekil, renk, model ve koku bakımından bir bahar öncesinin durumuyla tıpa tıp aynı değildir. Bunlar her bahar 'yok'tan yaratılmıştır.

"Fakat, 'Ol' emriyle, 'yok'tan yaratılış hususunun mâhiyetini iyi bilmek lâzımdır. Bir kere bize göre yok olan bir şey, maddî bir vücut sahibi olmasa da, Allah tarafından bilinmektedir. Çünkü, Cenab-ı Hakkın ilim sıfatı muhittir, yani her şeyi içine alır. Dolayısıyla, İlâhî ilim dairesinin dışına hiçbir şey çıkamaz. Bu ilim dairesinden maddî vücut dairesine çıkan bir şey, bize göre 'yok'tan var edilmiştir. Ama bunu hiçbir zaman mutlak 'yok'luk şeklinde tasavvur edemeyiz."

"Bu önemli düğümü biraz daha açar mısın?" der gibilerden:

- "Yani?" diye açıklama istedi.

- "Şöyle diyelim" diye devam ettim. "Bir şeyin modeli, örneği, misli ve emsâli hiç yokken yaratıldığını düşünelim. Bu hâdise bize göre 'yok'tan, hiçlikten yaratılmaktır. Ancak bize göre modeli ve emsâli olmayan bu şey, İlâhî ilim dairesinde mevcuttur. Bu mahlûk, maddî bir vücut giyip, madde âlemine çıkmayınca, biz onu bilemiyoruz. Çıkınca da, hiçlikten yaratıldı diyoruz. Fakat bu bizim akıl kapasitemizin tesbitidir. Ve bize göre yokluktan yaratılmıştır. İlâhî ilim dairesine göre değildir. Çünkü, onun dairesinde o mevcuttur. Yalnızca vücut giymemiştir."

Bu açıklama yeterli olmamıştı.

- "Ya 'yok' etmek? Yani, mevcut bir madde nasıl 'yok' olur?" diye itiraz etti.

Aslında muhatabım bu sorusuyla şuraya varmak istiyordu: "Allah, mevcut bir maddeyi nasıl yok eder? Yok ediyorsa, örnek gösterin. Edemiyorsa (hâşâ) bir şeyi yok edemeyen, nasıl yaratıcı olur?"

Ses tonundan bu niyetini anlamıştım.

Olabildiğince rahat olmaya ve nezaketi elden bırakmamaya gayret ettim.

- "Her baharda yeniden yaratılan milyonlarca bitki ve ağacın dal, yaprak ve meyvelerinin tipi, kokusu, şekli, modeli ve kendilerine has hususi tarzları, kış mevsimiyle birlikte 'yok' olmaktadır, diyerek açıklamamı sürdürdüm.

"Sobaya bir odun atalım ve yakalım. Odunun kül olduğunu görürüz. Bu esnada odunun ebadı, ağırlığı, kokusu, rengi ve tipi 'yok' olmuştur. Belki külünü, çıkardığı enerjiyi ve dumanı toplasak tekrar odunun ağırlığını bulabiliriz, ama onun renk, desen ve koku gibi diğer vasıflarını geri getiremeyiz. Çünkü onlar 'yok' olmuşlardır.

"Astronomi âlimlerince son yıllarda yapılan birtakım araştırmalar, dünyamızdan çok defa büyük olan bazı yıldızların 'karadelik' adı verilen ve mahiyeti bilinmeyen bir yere girerek kaybolduklarını ve madde âleminden çıktıklarını göstermektedir. Bu karadeliğin çekim gücünün sonsuza yakın olduğu ifade edilmektedir. Karadelikler, sıcaklığı, ışığı, sesi ve her türlü radyasyonu bir anda yutarak yok etmekte ve dev yıldızların içine düşüp yok olduğu dipsiz bir kuyuyu andırmaktadır. Bu açıdan karadelikler, ebedî bir âleme geçiş kapısı olarak değerlendirilebilmektedir."

Parmaklarını birbirine kitleyerek derin bir nefes aldıktan sonra:

"Biliyor musun hocam" dedi, "bu anlatılanlar beni tam tatmin etmiş değil. Ancak, bugüne kadar duyduğum en mantıkî izahlar. Bunu açık yüreklilikle söylemeliyim"

Ardından, kendi içinde sorulan bir soruya cevap veriyormuş gibi:

- "Daha çok uzun bir yol var" dedi, fısıltı hâlinde...

Bizi, arkamızdaki koltuklardan dinleyen genç bir yolcu, sohbete karışarak:

- "Hocam" dedi, sert ve heyecanlı bir sesle. "Biz Allah'ı görmüyoruz. Ama, maddeyi görüyoruz, tutuyoruz. Görünmeyen Allah, nasıl olur da mevcut maddeye tesir eder, ona yön verir, onu tanzim eder? Bu mümkün mü?"

Yanımdaki arkadaşımın, kendisine bir destekçi bulduğu için sevineceğini sanmıştım. Ama, suratı bir anda asıldı ve gence ters ters baktı. Şaşırmıştım. Sonradan anladım ki, gencin sert çıkışını, sohbet ve nezaket kurallarına uygun bulmadığı için sevmemiş.

Ama ben yumuşak tavırlarımı ısrarla sürdürdüm ve gence cevap vermeye çalıştım:

- "Bir padişah, sahibi olduğu ülkesine hükmetmek için kanunlar hazırlar ve halkını itaati altında bulundurmak için de kanunları tatbik edecek görevliler bulundurur.

"Ülkenin nizamı ve huzuru için gerekli olan kanunlar konduktan ve asayiş sağlandıktan sonra, rota çizilmiş demektir. Artık, kanuna aykırı hareket edeni padişah değil, ilgili kanun maddesi gereği güvenlik kuvveti yakalar, hâkim de ceza verir. Padişahın bizzat gidip o iş için uğraşmasına veya ortada görünmesine gerek kalmamıştır.

"İşte şu kâinatı yaratan Rabbimiz de, koyduğu umumî ve muhteşem kanunlarla âlemin nizamını sağlamıştır. Bu nizama en küçük atomdan, milyarlarca yıldızı bulunan galaksilere kadar her yaratılan şey tâbi olmuştur. Her şeyin hakkı ve hukuku bellidir. Her şey emirber nefer gibi, o muhteşem sistemin içinde hareket eder.

"Kâinatın başlangıcında konan bu nizam, aynı ihtişam ve âhenk içinde devam etmektedir. Eğer bir zerre, kendine verilen rotadan sapsa, kâinat çalkalanır, kıyameti koparır.

"Kâinata tefekkürle bakan akıl sahipleri, her işin içinde Sultan-ı Kâinatın Kudret elini görecektir."

Genç yolcu, ya cevaba itiraz etmek veya yeni bir soru sormak için hazırlanıyordu ki, yanımdaki arkadaşım hemen devreye girerek:

- "Şu görünmeme konusunu konuşalım" dedi. "Allah varsa, neden görünmüyor? Hem Allah nasıl bir şey? Neye benziyor?"

Sohbet ilerleyip oldukça ilmî bir havaya bürünmüştü. Yol arkadaşımın artık beni daha iyi takip ettiğini, ciddî bir tavırla dinlediğini, kuru ve peşin hüküm vermekten kaçındığını görüyordum. Başlangıçta beni zor duruma düşürmek için yönelttiği sorular, artık tamamen onların cevabını bulmak ve kendi bilgileriyle karşılaştırmak gayesini taşıyordu. Aklına ve mantığına uygun gelmeyen bir tarafı görünce sorusunu tekrarlıyor veya bazı noktaların daha iyi açıklanması lâzım geldiğini belirtiyordu.

Sorusuna cevap vermeye kalmadan, otobüsümüz yemek molası için turistik bir lokantanın önüne yanaştı. Birlikte inerek tenha bir köşeye çekildik.

Bu mola çok iyi olmuştu. Ateşli havayı bir anda dağıttı ve adeta ilaç gibi geldi.

# GÖRMEDİĞİMİZ ŞEYLERE NASIL İNANACAĞIZ?

Ama, arkadaşımın, ilk tanıştığımız andaki gibi rahat ve çevresine hâkim tavrının silindiğini, tedirgin, endişeli ve hatta tatlı bir panik içine girdiğini hissediyordum.

Bütün gayretime rağmen yemekleri o ısmarladı. Çaylarımızı yudumlarken:

- "Sorunun cevabını konuşalım istersen" dedim. "Burası daha sakin."

Ben, sohbete burada da devam edeceğimizden emin olduğum için yemek boyunca düşünmüş ve yol arkadaşımın sorduğu sorunun cevabını, Bediüzzaman Hazretlerinin Risale-i Nur Külliyatından okuduğum satırlarda bulmuştum.

"Önce sorunun ikinci kısmından başlayalım" dedim.

"Malûmdur ki bir şeyin varlığını bilmek ayrı, mâhiyetini bilmek ayrıdır. Kâinatın içinde çok unsurlar vardır ki, aklımızla onların varlıklarını bildiğimiz halde, mahiyetlerini bilemeyiz. Meselâ, ruh, akıl, hayâl, yer çekimi kanunu, elektrik, his, şefkat gibi birçok şeyin varlığını bildiğimiz halde, mâhiyetlerini bilememekteyiz. 'Eser, ustasını idrak edemez' kaidesince, bizim aklımız da, onu yaratan Zatın mahiyetini, hakikatını anlayamaz. Çünkü akıl, Hâlik'ın mahlûkudur. Her mahlûk gibi aklın da bir sınırı vardır. Sınırlı gücü olan mâhluk, Cenab-ı Hakkın kudsî mâhiyetini idrak edemez, anlayamaz. Her kıyasında ve tahmininde hata eder, yanlışa sapar.

"Cenab-ı Hakkın bütün sıfatları nihayetsizdir, mutlaktır, ezelî ve ebedîdir. Akıl ise sınırlıdır, kayıtlıdır, belli intikal kapasitesi vardır. Bunun içindir ki sınırlı olan sınırsız olanı; mahdut olan nihayetsiz olanı, başlangıcı ve sonu olan, ezelî ve ebedî olanı kavrayamaz, anlayamaz, bilemez.

"Cenab-ı Hakkın misli, benzeri, zıddı olmadığı için, akıl ona ulaşamaz onu tahmin edemez. Çünkü, Allah-ü Tealâ kâinat cinsinden değildir ki, biz onu kâinatın içindekilerine kıyas edelim. Onun için mahiyeti, bizim idrak edeceğimiz veya tahmin edeceğimiz hiçbir mâhiyete benzemez. Bizler tahmin ve yorumlarımızı, bildiklerimizle, duyduklarımızla ile hayâl gücümüzle yaparız. Bu yüzden mahluk (yaratılmış) olan kendi kabiliyetimizle, Hâlık olan (yaratan) Cenab-ı Hakkın mâhiyetini, ne durumda olduğunu veya neye benzediğini bilemeyiz.

"Görülmeme konusuna gelince; bilindiği gibi varlık âlemi, beş duyu ile bilinenden ibaret değildir. İnsan, gözleriyle maddî ve cismanî varlıkları görür. Dili tatları, kulağı da sesleri hisseder.

"Görmediğime inanmam, demek, aklın vazifesini göze yüklemek demektir. Çünkü görünmemek, olmamaya delil olmaz. Bu âlemde görebileceğimiz bir kısım hususları, gözle göremediğimizden dolayı inkâr edemeyiz. Bunun için beş duyumuzun vazifelerini, kendi alanlarında kullanmak lâzımdır. Kulağımızı görme işinde, dilimizi duyma işinde kullanamadığımız gibi, gözümüzü de idrak etmek, ihata etmek, anlamak işinde kullanamayız. Bu işi akıl yapar. Meselâ, bir annenin çocuğuyla alâkadar olduğunu gözle gördüğümüz halde, sevgisini ve şefkatini göremeyiz. Onu akıl ile hissederiz. Bir muhteşem yapıyı gözümüzle görebiliriz. Ama onun hârika sanatını ancak aklımızla ortaya koyabiliriz.

"Cenab-ı Hakkın görünmemesi, zıddının olmamasındandır. Bir şeyin görülüp anlaşılması için, zıddın olması gerekir. Hatta en şiddetli parlaklığı sırasında güneşin dahi görünmesi mümkün olamamaktadır. Bediüzzaman Hazretlerinin bu mevzuda çok güzel bir sözü vardır: 'Her şeyi maddede arayanların akılları gözlerindedir. Göz ise maneviyatta kördür.'"

Yol arkadaşım, son cümleyi tekrarlattıktan sonra takdirle başını salladı. Yüz ifadesinden istifade ettiğini anlıyor ve için için seviniyordum.

Otobüsümüz tekrar hareket ettiğinde, uzun süren sohbetimizle onu sıkmış olabileceğimi hesaplayarak konuyu değiştirdim ve rastgele şeyler konuşmak istedim. Ama o, bir türlü kendi âleminden çıkamıyor veya çıkmak istemiyordu. Derin bir düşünce ile bazı şeyleri yakalamak ve bulmak isteği yüzüne aksediyordu.

Çevremizdeki yolcuların gözleri yine bizdeydi. "Haydi ne duruyorsunuz, sohbetinize başlasanıza" der gibi bir halleri vardı âdeta.

Bu sessizlik fazla sürmeden, arkadaşım yine sorularına başladı:

- "Hocam, Allah'ın var olduğunu ve bu kâinatı yarattığını kabul edelim. O zaman Allah'ın kendisi nasıl var olmuş? Onu yaratan kimdir?"

Bu sorunun sorulacağını hissettiğim için gülümsedim. Yol arkadaşım bunu yanlış yorumlayarak:

- "Hocam" dedi. "Belki bu sorular size çok garip ve yanlış gelebilir. Ama konuyu lütfen benim açımdan değerlendirin. Siz, hiç dünya görmemiş bir adama bu dünyayı gezdiriyorsunuz. Ben, sizin âşina olduğunuz âlemlerin yabancısıyım. Bana o âlemleri gezdirip tanıttığınızı unutmayın."

Arkadaşımın bu samimî hâline çok duygulanmış ve hidâyeti için tekrar Allah'a yalvarmaya başlamıştım. Bu arada sorduğu sorunun cevabını düşündüğümde, Mehmed Kırkıncı Hoca'nın verdiği misâli hatırladım. Bu misâli arkadaşıma nakledererek:

- "Seksen vagonlu bir tren düşününüz" dedim. "Bu vagonlardan her birisini bir önceki vagon çeker. Fakat iş lokomotife dayandığında, artık 'Lokomotifi kim çekiyor?' diye bir sual sorulamaz. Zira çeken, fakat çekilmeyen bir lokomotif olmazsa, trendeki nizam bozulur ve hareket meydana gelmez. Eğer lokomotif de çekilse, o zaman lokomotif olamaz.

"Bir er, askerlikle alâkalı emirleri onbaşıdan, o da yüzbaşıdan ve nihayet başkumandan da emri padişahdan alır. 'Ya padişah emri kimden alır?' diye bir sual sorulamaz. Zira padişah da birinden emir alsa, o zaman padişah olamaz. Padişah olmanın özelliği, emir almadan emir vermektir.

"Bu misâllerden anlaşılacağı gibi, bütün mahlûkatı yaratan, fakat kendisi yaratılmamış olan bir kudretin varlığı zaruridir. Çünkü, doğurma ve doğurulma kanunu, yaratılanlara has bir durumdur. Bu kanun, kâinatı yaratan kudrette aranamaz."

Yol arkadaşım, söylediklerime tepkisiz kalırken, bir koltuk arkamızda oturan genç, ikinci kez söze karışarak;

- "Peki, Allah kâinatı yaratmadan önce ne yapıyordu?" diye bir soru sordu.

Onu da kısaca cevaplamaya çalıştım:

- "Bu sorunun sorulmasına, 'zaman' ve 'ezel' kavramlarının yanlış anlaşılması sebep olmaktadır" dedim. "Zaman, kâinatın yaratılması ile başlayan ve mahlûkatla devam eden bir kavramdır. Yani, bizim bildiğimiz mânâda zaman da mahlûkatla birlikte yaratılmıştır.

"Mâziyi, hâl ve istikbal olmak üzere üçe ayırdığımız 'zaman', mahlûkat için söz konusudur. Ancak ezel için böyle bir taksimat yapılamaz. Ayrıca ezelin başlangıç noktası da düşünülemez. Ezel, mekândan ve zamandan münezzeh olan Cenab-ı Hakka âittir. Allah'ın ezelî olması demek, başlangıcının ve sonunun olmaması demektir.

"Cenab-ı Hak ezelîdir. Zaman ise, mevcudatın yaratılması ile başlamıştır. Mevcudat yaratılmadan önce zaman yoktu. O halde Allah için böyle bir soru sorulamaz. Ancak, 'Ezelî ve Ebedî olan Allah, ezelde ne yapıyordu?' denilebilir ki, kıymetli bir âlim bu konuda şunları belirtir:

"Cenab-ı Hak, ezelde her kayıttan mukaddes olarak ve fevkinde hiçbir mertebe olmayan Zat-ı Hakîmin ulûhiyetine mahsus izzet ve azametini müşahede ediyordu.

"Mukaddes varlığına, kudsî sıfatlarına ve esma-i İlâhiyesine (İlâhî isimlerine) tecelligâh olacak eşyanın hakikatlarını, mahiyetini, hüviyetlerini, plân ve programlarını, mânevî miktar ve suretlerini, ezelde ve ilim dairesinde takdir ve müşahede etmekteydi.

"Cenab-ı Hakka mahsus olan bu keyfiyeti, âciz, nakıs ve mahdut olan mahlûkatın idrak ve ihata etmesi muhaldir. İnsanın aklı ve fehmi, zaman ve mekânın söz konusu olmadığı ezeliyeti ve onun sırlarını nasıl temaşa edebilir?"

Sohbetimiz bu şekilde devam edip gitti. Öldükten sonra dirilme, kader ve melâike gibi aklî izahlar isteyen hususlar da konuşulmuş ve kısaca cevaplarla geçiştirilmişti. Özellikle Darwin'in evrim teorisi üzerinde fazla duruldu.

Yol arkadaşımın ısrarla üzerinde durduğu bir başka konu da, "kötülüklerin, şerlerin ve şeytanın niçin insana musallat edildiği"ydi. "Bu yüzden birçok insan yolunu şaşırıp Cehenneme gittiğine göre, Allah'ın adaleti ve merhameti, buna nasıl müsaade ediyordu?"

Arkadaşımın ve bizi dinleyenlerin arka arkaya yönelttiği bütün soruların cevaplarını, Bediüzzaman Hazretlerinin eserlerinden faydalanıp hiç zorlanmadan cevap veriyor ve Cenab-ı Hakkın âhirzaman Müslümanlarına ihsan ettiği bu mükemmel Kur'ân tefsirinin kıymetini daha iyi anlıyordum. Şeytanların yaratılışı ile alâkalı soruya da aynı eserlerden faydalanarak cevap verdiğimde, muhataplarımın ikna olduklarını gösteren o tatlı ışıltıyı gördüğümde, Allah'a şükrettim ve gözlerime dolup gelen yaşlarımı göstermek istemedim.

Şunu bir hamd olarak ifâde etmek isterim ki, esasında son derece zor olan bu tür sorular sorulduğu zaman, o güne kadar o mevzularda okuduğum bütün deliller, misâller ve izâhlar, bir film şeridi gibi gözümün önüne geliyordu. O hakikatları anlatırken sanki konuşmuyor, istifade ediyordum. Cenab-ı Hak, en muhtaç olduğum bir zamanda imdadıma yetişmiş, son derece kültürlü ve Marksist zihniyetli bir kişinin karşısında, o kudsî hakikatlerin haysiyetini benim gibi bir âciz insan vasıtasıyla muhafaza etmek istemişti.

Konuşmalarımız esnasında muhatabımı kırmamak, ürkütmemek ve şiddetli bir tartışma havasına sokmamak için büyük bir itina gösteriyordum. Çünkü sohbetimizin başından beri, Bediüzzaman Hazretlerinin "Medenî insanlara galebe etmek (yani onlara bir fikri kabul ettirmek) ancak iknâ iledir, icbar (zorlamak) ile değildir" sözünü kendime rehber etmiştim. Bu yüzden arkadaşımın sertleştiği anlarda bile tebessümle cevaplar vererek havayı yumuşatmaya çalışıyordum. Ayrıca, kendime bir üstünlük süsü vermekten de şiddetle kaçınmıştım. Tabi ki bu bana ait bir yetenek değildi. Bu tamamen Risale-i Nur kitaplarından istifade ettiğim bir yoldu.

# EVE TAŞAN OTOBÜS SOHBETİ

Karşılıklı sohbetimiz Adana Otobüs Terminaline kadar sürdü. Buraya kadar bazı konulara açıklık getirilmişti ama, daha önümüzde âcil izahlar bekleyen bir yığın konu vardı. Fakat arkadaşımın yolculuğu sona ermişti. O Adana'da kalacak, ben ise Hatay'a doğru devam edecektim.

İçimden:

- "Keşke razı olsa da bu geceyi birlikte geçirip sohbetimize devam etsek" diye geçirirken, koluma yapışıp:

- "Nereye?" dedi, ciddi bir şekilde.

- "Biliyorsunuz benim yolculuğum Hatay'a kadar" dedim.

Bir anda kaşlarını yay gibi gerip sözümü kestirip attı.

- "Hayır" dedi. "Asla bir yere gidemezsin. Seni, hiçbir yere bırakmam. Böylesine önemli konular, nasıl yüz üstü bırakılabilir? Şu anda aklım allak bullak. Bu keşmekeşe daha fazla tahammül edemem. Mutlaka bir sonuca varmalıyız."

Arkadaşımın teklifine çok sevinmiştim. Buna rağmen ağırdan alarak:

- "Yalnız bir şartım var" dedim. "Bu akşam benim misafirim olursanız kalırım. Yoksa bu teklifinizi kabul edemem."

Hiç itiraz etmeyerek:

- "Kimin, kime misafir olacağı mühim değil." dedi. "Mühim olan, sohbete devam etmemizdir."

Anlaştık. Niyetim, onu istediğim bir yere götürmekti...

Arkadaşımı ikna ettikten sonra onu nerede ağırlayacağım konusundaki alternatifleri düşünmeye başladım.

Kendi fikir hayatı içerisinde çok önemli bir yeri olan "o adam"ı, rastgele bir yere veya bir otele götüremezdim. Tanıdığım arkadaşlara haber verip, onları başıma da toplayamazdım. Çünkü bu durum onu evhamlandırabilir ve bütün bütün ürkütebilirdi.

En iyisi "o adam"ı, kendi evim diyebileceğim bir yakınımın evine götürmekti. Yanımızda da ev sahibinden başka hiç kimse olmamalıydı.

Bunun için bir mühendis arkadaşımın evine telefon ederek durumu kendisine kısaca anlattım. Çok heyecanlanmıştı.

- "Siz beni orada bekleyin" dedi. "Gelip sizi taksiyle alayım."

Biz otobüs terminalinde arkadaşımı beklerken, göz ucuyla "o adam"ı süzüyordum. Elindeki kâğıda bazı notlar alıyordu. Daha sonra o notların, aklına gelen ve sormak istediği sorular olduğunu anlamıştım.

Altmış civarında bir soru listesi!

Akşam ezanları okunurken taksiye bindik.

Çevresine karşı devamlı surette güleryüzlü ve sempatik görünen "o adam", şimdi içine kapanmış ve sanki iç dünyasında kaybolmuştu. Bu bir anlamda kendi kendisiyle yüzleşmesinin ilk belirtileriydi.

Eve geldiğimizde henüz ayakkabılarımızın bağını çözüyorduk ki, bana dönerek:

- "Peki", dedi. "Öldükten sonra dirilme konusunda bazı şeyler konuştuk. Ama bence mümkün değil. Çünkü vücûdumuz kabirde toprak olacak. Atomlarımız, yel, sel ve bazı hayvanlar tarafından başka yerlere götürülüp dağıtılacak. Bu şekilde her şey darmadağın olacak. Siz de kalkıp tekrar dirileceğiz diyorsunuz?"

Kapı önünde sorulan bu soruya çok şaşırmıştık. Aklına hücum eden sorular beyninde öylesine tepiniyordu ki, birer ikişer kontrolsüz olarak dışarı taşıyor ve sabrı, içeri geçmeye yetmiyordu. Bir anlamda "O Adam", yanlış ve doğruların çatışmasının arasına düşmüştü.

Ev sahibi benden önce davranarak:

- "Merak etmeyin efendim" dedi. "Hele şöyle bir içeri geçip soluklanalım. Sonra da karnımızı bir güzel doyuralım. İnanın bu gece birçok şey hallolacak, hiç merak etmeyin."

Arkadaşımla birlikte yan odada kıldığımız namazdan sonra, hep beraber yemek yedik. Ardından gelen çayları içtikten sonra, keyifli bir sohbet kendiliğinden açılmıştı. Zaten "o adam"ın da sohbete devam etmekten başka bir şey düşünmediğini biliyorduk. Cebindeki soru listesini çıkarmış vaziyette bekliyordu.

Sofranın kaldırılmasını bile beklemeden:

- "Bugün benim için çok önemli" dedi. "Belki bu sohbet sizin için sıradan ve rastgele bir tartışma olabilir, ama bana göre öyle değil... Ben hayatımda sayısız toplantılara katıldım. Sayısız insan veya gruplarla tartıştım, fikirlerimi anlattım, tezlerimi savundum. Öyle günler oldu ki, dünyanın sayılı Marksistleriyle birlikte, Marksizmin açmazlarını, katı ve anlaşılmaz yerlerini, eleştirilen ve beğenilen yönlerini, günümüze adapte etme konusunu anlattığım zaman, herkesin takdirlerini almıştım. Dış ülkelerde, özellikle sosyalist devletlere gittiğimde, dünya çapında liderler önünde bile, doğru bildiğimi tereddütsüzce haykırdım, alkışlandım ve göklere çıkarıldım. Ama şunu samimiyetle söyleyeyim ki, o günlerin şâşaalı hatıraları, bana bu anın heyecanını vermedi. Bu asla bir abartı ve iltifat değildir.

"Neden, derseniz?

"Benim yarım asırlık bir dâvâm var. İki üç saatlik otobüs seyahati anında aramızda öyle önemli konuşmalar geçti ki, itiraf edeyim ki davamı ve fikirlerimi yeniden sorgulama noktasına geldim. Adeta Adana terminaline kavuşmamız, bir kurtarıcıya sığınmak gibi oldu.

Bu konu beni çok düşündürmeye başladı.

"Biz Marksizmi tek yol ve tek alternatif olarak sunuyoruz. Bu yolculukta, ikinci bir tez de bana ağırlığını hissetirmeye başladı. Bunun için kendi kendime dedim ki: 'Eğer

Marksizmi çürüten bir tez varsa, onu mutlaka bilmeliyim. Bundan kaçmak, kurtuluş değildir. Bugün kulağımı tıkayacağım bu alternatif, yarın başka bir yerde yine karşıma çıkar. Öyleyse bu alternatifin detayını bilmek zorundayım.'

"Bana göre, her fikir adamının bir ölçüsü olmalı. Bu ölçü de, karşısına çıkan güzel bir görüşü, iyi bir fikri ve isabetli alternatifleri dinlemek veya okumak zorunda olmasıdır. Yoksa bir fikir taassubu veya fikir yobazlığı dediğimiz bir durum ortaya çıkar ki, o zaman kimse karşısındaki insana bir şey anlatamaz. Bu ise, doğruya ve en iyiye giden yolları tıkar. Mantık susar, hisler ve önyargılar konuşur.

"Birileri bana muhtaç olduğum doğru şeyleri anlatınca, ona teşekkür etmem gerekir. Çünkü bana hazır bir malzeme sunmuş oluyor.

"İşte yol boyunca benim çok muhtaç olduğum bazı doğrulara işaret edildi. Daha doğrusu, benim kapalı dünyamın bazı kapıları bir derece aralandı. Bundan dolayı olacak ki, şu anda aklım bir savaş meydanı gibi. Her şey bulanık ve birbirine girmiş bir halde... Buna kesin bir çözüm istiyorum. Bu gece çok şey konuşmalıyız. Her zaman bu hava, bu atmosfer yakalanmıyor. Ben sizleri önyargısız bir şekilde dinleyeceğim. Ama siz de beni tabi...

Notlarını ve sorularını yazdığı elindeki kâğıdı göstererek:

- "Bu kâğıda bir liste yaptım" dedi. "Yani aklıma gelen soruları sıraladım. Altmış civarında... Bu sorular, belki size klâsik ve bilinen şeyler olarak gelebilir. Ama benim için, hayatî şeylerdir. Belki de bana yeni ufuklar açacak. Veya açmadan kapatacak."

Ev sahibimiz, kendine has tatlı bir tebessümle söze karıştı:

- "Beyefendi" dedi. "İsterseniz sorularınıza başlayalım. Ama başlamadan önce sizden bir istirhamım olacak. O da şudur: Sohbetimizi karşılıklı anlayış, iki iyi dost gibi hoşgörü havasında sürdürelim."

Muhatabımız, hemen devreye girerek:

- "Ben de bunu istiyorum" dedi. "Şunu tekrar ve açıkça söylüyorum ki: Ne söylediğini ve ne söylenildiğini anlayan düşmanı, ne söylediğini ve ne söylenildiğini anlamayan dosta tercih ederim. Herhalde bu yeter."

Misafirimiz, ne kadar olgun, hakperest ve güngörmüş birisi olduğunu bir kere daha gösteriyordu.

Konuşmasına devam ederek:

- "Hocam" dedi. "Otobüste de uzunca konuştuğumuz bir konuyu tekrar açmak istiyorum. Yani, şu âlemin bir yaratıcısının olması şart mıdır? Onsuz da bu alem olamaz mı? bu konunun önce temeline inmemiz lazım. Çünkü her konu gelip burada düğümleniyor. Bu sorun hallolmazsa, hiçbir sorun konuşulamıyor, tartışılamıyor.

## BU KAİNAT KİMİN ESERİ?

Muhatabımız çok doğru söylüyordu. Kainatla ilgili her şey, gelip Allah'ın varlığı veya (haşa) yokluğu konusunda düğümleniyordu. Öyleyse önce bu husus halledilmeliydi.

Bunun için de, sohbetimizin ağırlık noktasının tevhid (Allah'ın birliği) oluşturacaktı. Bu sahada emsalsiz bir kitap olan Tabiat Risalesi'ni açarak okumaya başladık.

Kitap, güzel bir giriş yaparak, kâinatın yaratılması konusunda ileri sürülen dört görüşü sıralıyordu:

"Birincisi: Kâinatı sebepler icat ediyor.

"İkincisi: Kâinat kendi kendine teşekkül ediyor, oluyor, bitiyor.

"Üçüncüsü: Tabiîdir, yani tabiat yapıyor.

"Dördüncüsü: Bir Kadir-i Zülcelâl'in (Allah'ın) kudretiyle icad ediliyor."

"Evet, madem mevcudat var ve inkâr edilemez. Hem, her icad edilen şey sanatlı ve hikmetli olarak vücuda geliyor. Her halde bu mevcudu veya bu hayvanı, ya diyeceksin ki;

"1. Sebepler onu icad ediyor, sebeplerin toplanmasıyla o mevcut vücut buluyor.

"2. Veyahut o hayvan, kendi kendine teşekkül ediyor.

"3. Veyahut, tabiatın tesiriyle vücuda geliyor.

"4. Veyahut, Bir Kadir-i Zülcelâl'in (Allah'ın) kudretiyle icad ediliyor."

"Madem aklen bu dört yoldan başka bir yol yoktur. Evvelki üç yolun imkânsız olduklarını kat'i isbat edersek, dördüncü ve son yol olan Allah'ın kudretiyle yaratıldığı kesin olarak ortaya konmuş olur."

Sıralamayı dikkatle takip eden "O Adam"ın gözleri bir anda parladı:

- "Çok güzel bir giriş ve çok mantıklı bir sıralama" dedi. "Gerçekten, ilk üç yolun evrenin oluşmasında etkin rol oynamadığı isbat edilirse mesele yok. O zaman son yol, tek yol olarak kalır."

İlk üç yolun, kainatın yaratılmasın da asıl neden olmadığını, kitapta okumaya başladık.

- "Birinci yol (Birinci iddia): Esbab-ı âlemin içtimaiyle, teşkil-i eşya ve vücut-u mahlûkattır. (Yani, sebeplerin toplanması ve bir araya gelmesiyle, eşyanın teşkil olması ve mahlûkatın vücud bulması iddia edilmektedir.)

Cevap: "Misâl: Bir eczahanede, gayet muhtelif maddelerle dolu, yüzer kavanoz şişeler bulunuyor. O edviyelerden (şişelerdeki ilâçlardan) zihayat (canlı) bir macun (ilâç) istendi. Hem, hayattar hârika bir tiryak (panzehir) onlardan yapmak icabetti. Geldik o eczanede o zihayat macunun ve hayattar tiryâkın çoklukla efradını gördük. O macunlardan her birisini tetkik ettik. Görüyoruz ki; o kavanoz şişelerden her birisinden, bir mizan-ı mahsus ile, (hususî bir tartı ile) bir iki dirhem bundan, üç dört dirhem ötekinden, altı yedi dirhem başkasından ve hâkeza... muhtelif (çeşitli) miktarlarda eczalar (maddeler) alınmış. Eğer birinden, bir dirhem ya noksan veya fazla alınsa, o mâcun, zihayat olmaz; hâsiyetini (özelliğini) göstermez. O kavanozlar elliden ziyade iken, her birisinden ayrı bir mizan ile alınmış gibi, ayrı ayrı miktarlarda eczalar alınmış.

"Acaba hiçbir cihette imkân ve ihtimal var mı ki, o şişelerden alınan muhtelif miktarlar, şişelerin garip bir tesadüf veya fırtınalı bir havanın çarpmasıyla devrilmesinden, her birinden alınan miktar kadar; yalnız o miktar aksın, beraber gitsinler ve toplanıp o mâcunu teşkil etsinler. Acaba bundan daha hurafe, muhal, bâtıl bir şey var mı?"

"İşte bu misal gibi, her bir zihayat (canlı), elbette zihayat bir mâcundur, her bir nebat (bitki), hayattar bir tiryak gibidir ki; çok müteaddit eczâlardan, çok muhtelif maddelerden terkip edilmiştir. Eğer esbaba (sebeplere), anâsıra (unsurlara) isnat edilse ve 'Esbab icad etti' denilse; aynen eczahanedeki macunun, şişelerin devrilmesinden vücut bulması gibi, yüz derece akıldan uzak, muhal ve bâtıldır."

Misâlin daha iyi anlaşılması için, mevzuyu baştan bir daha okuduk. Osmanlıca kelimeleri çok iyi anladığı için, misali rahat kavrıyordu:

"Eczahanedeki, ilâçların, çeşitli ve ölçülü miktarlarda bir eczacı tarafından yapılması gibi..." diye tekrar etti.

Tebessümle tasdik ettik:

- "Evet, onun gibi... Herkesçe kullanılan bir ağrı kesici veya bir vitamin hapını düşünelim. Belirli maddelerden, belirli ve hassas ölçülerle yapılmış. Eğer o maddelerden yeteri kadar alınacak yerde, az veya çok katılsa, meydana çıkacak ilâç şifa vermeyecek ve ilâç özelliğini göstermeyecektir. Hal böyleyken, bir ilâcın yapılabilmesi için, onu teşekkül ettirecek olan maddelerin, şişelerin devrilmesiyle akıp, toplanarak ilâcı meydana getirmeleri mümkün mü?"

Misafirimiz de tebessüm etti:

- "Tabiî ki değil" dedi. "Bunu iddia eden insanın, ilmi ve mantığı bir tarafa koyması lâzımdır."

Devam ettik:

- "Kâinatta, insanın emrine verilen ve onun istifadesi için yaratılan milyonlarca unsurdan bir tanesini ele alalım ve onun yaratılış hikmetlerini ve tanzim hârikalarını düşünelim. Meselâ bir elmayı ele alalım:

"Son derece tatlı görünüşüyle insanın yeme iştahını celbeden 'bir elmanın içindeki vitamin, insanın bir günlük ihtiyacı kadardır.' (İnsan ve Hayat, Dr. H. Nurbaki) İnsanın mahiyetini bilen bir kudret sahibi, elmayı bu şekilde programlamıştır.

"Elmaya, sahip olduğu C vitaminini çürütmemek için artı iki demir konulmuştur. Eğer bu demir olmasa, C vitamini bir müddet sonra bozulacaktır.

"Öte yandan, C vitaminini muhafaza etmek için elmanın ihtiva ettiği bol miktardaki meyve asidi, midede asidi arttırıcı, yani mideyi rahatsız edici tesir yapmaktadır. Bunun için elmaya, karbonat iyonu da konulmuştur. Bir elma yediğiniz zaman geğirirsiniz. Bunun sebebi, elmanın içerisinde bulunan karbon iyonudur. O Kudret Sahibi, elmayı bizim soframıza hazır hâle getirmiştir. İnsanı bilmeyen, tanımayan, onun arzu ve isteklerinden haberi olmayan cansız, şuursuz maddeler (sebepler), böylesine mükemmel ve hârika bir meyveyi nasıl vücuda getirebilir?"

Elimizdeki Tabiat Risalesi'nden, mahlûkatın akılsız ve şuursuz sebepler tarafından icad edilmesinin mümkün olmadığını gösteren iki misâl okuduğumuzda, misafirimizin:

"Bu kadar kâfi" der gibilerinden başını salladığını gördük.

Bundan sonra kâinatın, bitkilerin veya insana kadar varabilen diğer canlıların kendi kendine teşekkül edebileceği konusundaki iddiaların mümkün olmadığını gösteren kısmı okumaya başladık.

Tabiat Risalesi'ndeki bu bölümde, şöyle deniyordu:

- "İkinci yol (İkinci iddia): (Şu kâinat) kendi kendine teşekkül ediyor, şeklindedir. Bu yolun da imkânsız olduğunu gösteren misallerden biri şudur:

"Senin vücudun bin kubbeli hârika bir saraya benzer ki, her kubbesinde taşlar, direksiz birbirine baş başa verip, muallâkta durdurulmuş. Belki senin vücudun, bin defa bu saraydan daha aciptir. Çünkü, o saray-ı vücudun, dâima kemâl-i intizamla tazelenmektedir. Gayet hârika olan ruh, kalb ve mânevî letâifden kat-ı nazar, yalnız cesedindeki taşlar gibi birbirleriyle kemal-i muvazene ve intizam ile baş başa verip, hârika bir bina, fevkalâde bir san'at, göz ve dil gibi acip birer mucize-i kudret gösteriyorlar. Eğer bu zerreler, şu âlemin ustasının emrine tâbi birer memur olmasalar; o vakit her bir zerre, umum o cesetteki zerrelere hem hâkim-i mutlak... hem her birisine mahkûm-u mutlak... hem her birisine misil... hem hâkimiyet noktasında zıd... hem yalnız Vâcib'ül-Vücûda mahsus olan ekser sıfatın masdarı, menbaı... hem gayet mukayyed... hem gayet mutlak bir surette olmakla beraber sırr-ı vahdetle yalnız bir Vâhid-i Ehadin eseri olabilen gayet muntazam bir masnu-u vâhidi, o hadsiz zerrata isnat etmek; zerre kadar şuuru olan, bunun pek zâhir bir muhal, belki yüz muhâl olduğunu derkeder."

Misali okuduktan sonra cümle cümle tahlil etmeye başladık:

- "Yukarıdaki satırlar, insan vücudunun akıllı insanlar eliyle yapılan kubbeli bir saraydan daha muhteşem olduğunu, çünkü o vücuttaki zerrelerin bir taraftan ölüp, diğer taraftan tekrar yerlerine konarak tazelendiğini ifade ediyordu. Üstelik devamlı olarak tazelenen o zerreler, çok hassas bir ölçü dahilinde baş başa vererek göz ve dil gibi mucizeleri meydana getiriyordu. Bu arada yaptıkları eserlerin mutlaka bir plânı, programı bulunması gerektiğinden, o plânlara uymak için birbirlerine emir verecekler ve bu arada kendileri de emir altında çalışacaklardı. Kısacası eğer bu hârika işleri zerreler beceriyorsa, her bir zerrede sadece Allah'a mahsus bir ilmin, irade ve kudretin bulunduğunu kabul etmek gerekiyordu. Tam mânâsıyla kusursuz olduğu bilinen eserlerin, tam mânâsıyla şuursuz olduğu görülen zerreler tarafından yapıldığını iddia etmek elbette akıl sahiplerinin işi değil."

Birkaç defa ele aldığımız bu misal, konuya açıklık getirmişti. Buna rağmen izin isteyip aynı konudaki ikinci ve üçüncü misalleri de okuduk. Ayrıca hücrelerin yapısına değinmiş, hücre çekirdeklerine, kromozomlara ve DNA adı verilen İlâhî bilgisayar programlarına kadar inerek, onlardaki hârika nizamın kendilerine ait olamayacağını göstermeye çalıştık.

Bir ara arkadaşım devreye girerek:

- "İlmi, neden kuru bir ilim adına okuturlar anlamıyorum" dedi. "İlmi âlimiyle, sanatı da sanatkârıyla okutmaları lâzım ki, insan kendini daha iyi anlasın ve yaratılışındaki hikmetleri öğrenebilsin. Yoksa insan, insana, etiyle kemiğiyle ve maddesiyle değer verecektir."

Muhatabımız:

- "Evet" dedi. "Bu söylediklerinizde hakikat payı vardır."

Ele aldığımız konunun üçüncü şıkkına devam ettik:

- "Üçüncü yol (üçüncü iddia): (Kâinatı) tabiat iktiza ediyor, tabiat yapıyor."

Tabiat Risalesi'nde bu mevzuya açıklık getirmek için de üç misâl verilmişti. Bunlardan biri şöyleydi:

"Gayet vahşi bir adam, muhteşem bir kışla dairesine girer. Gayet muntazam bir ordunun umumî, beraber tâlimlerini görür. Bir neferin hareketleriyle; bir tabur; bir alay, bir fırka kalkar, oturur, gider. Bir ateş emriyle ateş ettiklerini müşahede eder. Onun kaba, vahşi aklı, bu kumandanın, devletin nizamiyle ve kanun-u pâdişâhi ile kumandasını anlamayıp inkâr ettiğinde, o askerlerin ipler ile birbirlerine bağlı olduklarını tahayyül eder. O hayalî ip, ne kadar hârika bir ip olduğunu düşünür; hayrette kalır. Sonra gider, Ayasofya gibi gayet muntazam bir câmiye, Cuma gününde dahil olur. O camaat-i Müsliminin, bir adamın sesiyle kalkar, eğilir, secde ederek oturduklarını müşahede eder. Mânevî ve semâvî kanunların mecmuundan ibaret olan Şeriatı ve Şeriat sahibinin emirlerinden gelen manevî düsturları anlamadığından, o cemaatin maddî iplerle bağlandığını ve o acip ipler onları esir edip oynattığını tahayyül ederek, en vahşi insan suretindeki canavar hayvanları dahi güldürecek derecede maskaralı bir fikirle çıkar, gider.

"İşte aynı bu misal gibi: Sultan-ı Ezel ve Ebedin (Cenab-ı Hakkın), hadsiz cünudunun (askerinin) muhteşem bir mescidi olan şu kâinata, mahz-ı vahşet (tam vahşet) olan inkârlı fikr-i tabiatı (tabiatçılık fikrini) taşıyan bir münkir giriyor. O Sultan-ı Ezelînin hikmetinden gelen nizamât-ı kâinatın mânevî kanunlarını, birer maddî tasavvur ederek ve Saltanat-ı Rububiyetin kavânîn-i itibariyesi ve o Mabud-u Ezelînin Şeriat-ı Fıtriye-i Kübrasının manevî ve yalnız mevcud-u ilmîsi bulunan ahkâmlarını, düsturlarını birer mevcud-u hâricî ve maddî birer madde tahayyül ederek Kudret-i İlâhiyenin yerine, o ilim ve kelâmdan gelen ve yalnız vücud-u ilmîsi bulunan o kanunları ikame etmek ve ellerine icad vermek, sonra da onlara 'tabiat' nâmını takmak ve yalnız cilve-i kudret-i Rabbaniye olan kuvveti, bir zîkudret ve müstakil bir kadîr telâkki etmek, misaldeki vahşiden bin defa aşağı bir vahşettir."

Bu son iddianın üç misali okunup izah edildikten sonra, kendisi de ne anladığını ifade ile bazı izahlarda bulundu.

Konunun ele alınışı ve anlatılış tarzını fevkalâde beğenmişti. Hattâ bir ara:

- "Böyle olmalı efendim" dedi. "İnsanı âdeta doyuruyor. Böylesine önemli konuları, önemli insanlardan dinlemek lâzımdır. Ehliyetli olanlar anlatmalı. İzah edeyim derken, hem konuyu, hem de muhatabını hırpalayan ve hor gören insanları neden konuştururlar bilmem ki?"

Ev sahibimiz hemen devreye girdi:

- "Efendim, çok haklısınız, dedi. Ama Cumhuriyetten sonra gerçek din âlimlerine söz hakkı verilmemiş ki konuşsunlar. Konuşanlar da kaş yapayım derken göz çıkarmışlar."

Misafirimiz:

- "O da ayrı bir konu" diyerek sözü geçiştirdi.

Son misalimize küçük bir ilâve olsun diye müsaade istedim ve şöyle dedim:

- "Önce 'tabiat' denilen kavramı tarif etmek lâzımdır. Tabiat; su, toprak, hava ve güneştir. Isısı ve ışığıyla birlikte tabiî ki. Başka bir ifadeyle de yüz yedi elementtir. Şimdi, yaratıcı olarak sık sık adından söz edilen tabiata sorsak:

"İnsanları yapabilir misin?"

"Hayır."

"Bitki ve hayvanları icad edebilir misin?"

"Hayır."

"Güneş sistemimizi dizebilir misin?"

"Hayır."

"Milyarlarca yıldızları, galaksileri tanzim edebilir misin?"

"Hayır."

"Kâinata hârika bir intizam ve muhteşem bir sistem vermek için kanunlar koyup, işletebilir misin?"

"Hayır."

"Zaten tabiat denilen şey de kâinatın kendisi değil mi? Öyleyse, kâinatın da kendi kendine yapamayacağını gördük. Peki bu tabiat denilen güç, kuvvet nedir? Eğer tabiata hükmeden bir güç ve kuvvet varsa, o zaten kâinatın kendisi olamaz. Tek yol, kâinat cinsinden olmayan bir kudret olmasıdır ki, o da Cenab-ı Haktır.

"İlim, irade ve kudret sahibi olmayan âciz bir tabiat, elbette Hâlık olamaz."

## KAPALI KAPILAR AÇILIRKEN

Çaylarımız birbiri ardına geliyordu. Sohbetimize başlayalı üç saatten fazla bir zaman geçmişti. Muhatabımızı ara ara süzüyordum. Konular açıklanıp düğümler çözüldükçe, büyük bir sıkıntıdan kurtulmuşçasına yay gibi gergin olan kaşları düzeliyor, yüzündeki keskin ve derin çizgiler yumuşuyordu. Zaman zaman da dudaklarına tatlı bir tebessüm yayılıyordu. Okunan hakikatların tesirini gördükçe, Allah'a şükrediyordum. Sohbetimiz sırasında muhatabımı daha yakından tanıma firsatını bulmuştum. Anlamadığı veya aklına sığıştıramadığı şeyleri tekrar tekrar soruyor, bazen de birkaç kere tekrarlatarak sindirmek istiyordu. Mükemmel bir mantık ve kavrama gücü vardı. İlk andaki sert itirazları, misaller okunup mevzular açıklığa kavuşunca iyice yumuşuyordu.

Bu arada Tabiat Risalesi'nin sonunda: "Cenab-ı Hakkın bizim ibadetlerimize ne ihtiyacı var ki, Kur'ân'da çok şiddetli bir ısrar ile ibadeti terk edeni zecredip Cehennem gibi dehşetli bir ceza ile tehdit ediyor?" şeklindeki soruya verilen, ibretli cevaba hayran olmuştu.

- "Cevap dediğin böyle olmalı efendim, böyle olmalı" diye hissiyatını dile getiriyordu.

Bir ara elimdeki kitaba uzandı, sayfalarını karıştırdı, karıştırdı ve bize dönerek:

- "İnanın anlayamıyorum" dedi. "Bu müthiş bir hakikat... Rüya görmediğime kendimi inandırmak istiyorum. Sanki içime gizli bir kuvvet girdi. Mukavemetimi, karşı koyma gücümü söküp aldı. İtiraz edemiyorum. Şu işe bakın. Adeta görülmez bir kuvvetin etkisi altına girdim.

"Buraya kadar okuduğunuz konular, bir sorunun değil, hayalimde varlığını hissetiğim, ama ifade edemediğim binlerce sorunun da cevabı oldu. Açıkça söylemek gerekirse, kâinatın niçin ve neden var olduğu konusunda ileri sürülen bütün felsefi görüşlerin yıkıldığı yer burasıdır. Bu konuları okumadan fikir bayrağı açmak ve felsefe yapmak mümkün değil."

"Önümde yıllardır kapalı duran büyük kapı açıldı. Bugüne kadar görmediğim, görmek istemediğim veya ısrarla bizlere gösterilmeyen birçok şeyleri görmeye başladım, galiba... Âdeta, şüphelerimin cevabını bizzat kendim bulmam için elime bir şifre verildi. Korktuğum ve ürktüğüm şeyler, bana ne kadar da güzel görünmeye başladılar."

Evet otobüsteki konuşmalarıyla bizleri titreten ve âdeta büyüleyen "o adam" artık kaybolmuştu. Bu aziz misafirimizin gözlerinin nemlendiğini ve dudaklarının sessizce kıpırdadığını hissediyordum.

Sohbetimiz, bir müddet sonra, haşir meselesi üzerinde düğümlenmişti.

Misafirimiz:

"Öldükten sonra dirilme meselesi, daha önceden benim için imkânsızdı. Fakat sohbetlerimizin neticesinde, bende bazı kanaatlar hâsıl oldu. Bu konu üzerinde biraz daha durabilir miyiz?

"Şunu demek istiyorum: Ölen bir insanın bir müddet sonra toprağa karışarak dağılacağı mâlûm. Veya bazı insanları yakıp, dağlara, derelere saçıyorlar. Bunların tekrar dirilmesi nasıl mümkün olacak?"

"Şimdiye kadar sorduğum sorularımı bir fikrin, bir felsefenin müdafaası, üstünlüğü için sormuştum. İlk defa ihtiyaç hissettiğim ve öğrenmek istediğimden dolayı bu soruyu soruyorum."

Birlikte tebessüm ederek, bu anlamlı tespit karşısında duygulanmıştık.

Misafirimizin büyük bir samimiyetle sorduğu soruya cevap vermek üzere, yine Bediüzzaman Hazretlerinin Haşir Risalesi adını taşıyan eserine başvurduk. Sözü edilen kitap, öldükten sonra dirilmenin ve âhiretin hakikatlarını, sırlarını ve hikmetlerini akla yaklaştırıp, mükemmel ve mantıklı misallerle izah ve isbat ediyordu.

Ünlü bir inkarcının; "daha nasıl itiraz edelim, bu kitap âdeta âhiretin sokaklarını çizmiş" dediği bu eser, öldükten sonra dirilme meselesini, hiçbir tereddüte imkân bırakmadan yirmi dokuz ayrı tarzda gözler önüne seriyordu. Kitapta, ayrıca âhirete imânın, insan ve toplum hayatındaki tanzim edici rolünü ve saadetini misallerle anlatan bir de başlangıç vardı. O gece, baştan sona kadar okuyarak izah etmeye çalıştığımız bu eserde, şu hakikatler ele alınmıştı:

- "İnsan başıboş bırakılır mı?

"En güzel bir şekilde yaratılan insan, şu kâinat ağacının bir meyvesi olarak halk edilmiş. Ve onun bütün güzelliklerinden ve nimetlerinden en güzel şekilde istifade edecek tarzda yaratılmış... Bu âlemin dikkatli bir seyircisi olmuş... Koca dünya, kendisi için güzel bir ev olarak hazırlanmış... Dağlar ve denizler, onun emrine verilmiş, hava lâtif bir bineği olmuş... Arılar ona bal yapmış, ipek böcekleri onu giydirmiş, koyun ve kuzular onu beslemiş, kendisi çamur yiyen ağaçlar, ellerini uzatarak en lezzetli meyveleri ona takdim etmiş. Ay lâmbası, Güneş sobası, yıldızlar kandilleri hükmüne geçmiş... Ve insan, Kâinat Sultanının birliğini ve haşmetini, her birisi kendi hususî lisanıyla ilân eden sayısız varlıkların topyekün tercümanı ve takdimcisi olmak vazifesiyle şereflendirilmiş.

"60-70 senelik bir hayat uğruna, kâinatı bütün masnûatıyla insanın emrine veren bir Zât, onu kabirde başıboş bırakır mı? Bunca masrafın hesabını sormaz mı? Emrine mûti olanlara mükâfât, isyan edenlere ceza vermez mi?"

Bunun izahını en güzel şekilde yapan Bediüzzaman Hazretleri, şu notu düşmektedir:

"İnsan, ipi boğazına sarılıp, istediği yerde otlamak için başıboş bırakılmamıştır. Belki bütün amellerinin suretleri alınıp yazılır ve bütün fiillerinin neticeleri, muhasebe için zapt edilir."

"Ve... bu misli olmayan kâinatı yoktan yaratan, ona insan meyvesini verdiren Zât için, 'Bunları tekrar yaratabilir mi?' diye sorulamaz."

- "Çürümüş kemikleri kim diriltecek?"

Bu konuyu tarihi seyri içinde ele almak lâzımdır:

Ubeyy bin Halef adında bir müşrik, eline çürümüş bir kemik alarak Peygamberimizin (a.s.m.) huzuruna girer. Kemiği ufalayarak der ki:

"Cenab-ı Hak bu kemiği diriltecek, öyle mi?"

Peygamberimiz'in (a.s.m.) ise:

"Evet," der. "Bu çürümüş kemiğe, Cenâb-ı Hak can verecektir."

Bunun üzerine, Yâsin Suresindeki 78 ve 79. âyetler indi. Bu âyetler, meâlen şöyleydi:

"İnsan der; 'Çürümüş kemikleri kim diriltecek?' Sen de: 'Kim onları başlangıçta inşa edip hayat vermiş ise, o diriltecek."

"Âyette dikkat çekilen nokta, insanın dünyaya gelmesindeki, yani ilk yaratılışındaki mükemmellikler. Bütün insanlar, yokluktan bu varlık âlemine çıktığına göre, öldükten sonra tekrar hayat bulmalarında da elbette bir zorluk yoktur.

"Evet, haşir adını verdiğimiz bu ikinci yaratılış, belki de ilk yaratılıştan daha kolaydır. Bediüzzaman Hazretleri, öldükten sonraki yaratılışın kolaylığına dikkat çekerken verdiği bir misalde, bir ordunun ilk defa toplanması ile, toplandıktan sonra dağılıp bir boru sesiyle tekrar bir araya gelmesini kıyaslamaktadır. İlk toplantıda birbiriyle tanışan ve bulunmaları gereken yerleri öğrenen askerler, daha sonra dağılsalar bile, kolayca bir araya gelebileceklerdir.

"Bu hârika misaldeki ordunun erleri, insan vücudundaki zerrelere işarettir. Ve bu zerrelerin ölüm ile dağıldıktan sonra İsrafil'in Sur'u (haşirdeki zerrelere verilen toplanma emrine ait boru sesi) ile tekrar bir araya gelmeleri, elbette ilkinden daha zor değildir.

"Haşrin, yani öldükten sonra yaratılışın akıldan uzak görünmesi, genellikle ilk yaratılıştaki mükemmelliğin bilinmemesinden ve üzerinde fazla düşünmeyerek onun 'kolay ve sanatsız' zannedilmesinden kaynaklanmaktadır. Oysa ki günümüzün bütün tıp otoriteleri, insanoğlunun anne karnındaki 'hayat bulma mucizesi' karşısında şaşkınlığa düşmekte ve 20. Asrın bir sinek kanadını dahi yaratmaktan aciz olan 'yalancı şöhreti'ni şahit göstererek Allah'ın varlığını ve birliğini ilân etmektedir.

Bu âlimlerimizden biri olan Dr. Halûk Nurbaki, şöyle demektedir:

"İnsanın maddî hayatının nasıl saklanacağı ve öldükten sonra nasıl iade edileceği konusu akıldan uzak görülebilir. Ancak, bir insanın maddî bütün özellikleri, bir toplu iğne başının on milyarda biri kadar olan küçük tohum kartlarına (DNA'lara) yazılabilir. Bu ilmî gerçek, kesinlikle doğrulanmıştır. Böyle bir tohum kartının eğer toprakta gelişme şansı olsa idi, yeryüzüne gelmiş ve gelecek olan bütün insanların tohum kartlarını bir bardağa doldurarak toprağa atmak ve hepsini birden diriltmek mümkün olabilecektir.

"Toprak altında asırlarca bozulmayan ve bu arada hiçbir canlılık emaresi taşımayan virüsler, uygun bir ortamda tekrar hayat bulurken, vefat etmiş insanoğlunun Cenab-ı Hakkın emriyle tekrar hayat bulmamasına imkân var mıdır?

"Kâinatı bütün mahlûkatıyla kusursuz olarak yaratan Rabbimiz o bir çay bardağı dolusu şifreyi arza döküp, 'Ol' emriyle tek tek dirilterek İlâhî sahnede toplayacaktır."

Misafirimizin, âhiret âlemlerinin neden görülmediği hususundaki sorusuna da, aynı eserlerden okuduğumuz şu cümlelerle cevap verdik:

- "Perde-i gayb içindeki âlem-i âhirete âit menzilleri dünya gözümüzle görmek ve göstermek için, ya kâinatı küçültüp iki vilâyet derecesine getirmeli, veyahut gözümüzü büyültüp, yıldızlar gibi gözlerimiz olmalı ki, yerlerini görüp, tayin edelim."

Âhiretle alâkalı konuşmaların ardından, toplumun ve gençlerin nasıl muhafaza edileceği hususuna gelmiştik. Muhatabımızın bu konudaki görüşlerini aldıktan sonra, aynı eserlerden bazı yerleri okuyarak teşhisdeki isabet ve tedavi cihetindeki doğruluğun ne kadar açık bir hakikat olduğunu hep birlikte tasdik ettik.

Ev sahibimizin arka arkaya ikram ettiği çayları yudumlarken, kader meselesini, ruh ve melâike gibi hassas konuları, Azrail Aleyhisselâmın ölen insanların ruhlarını nasıl kabz ettiğini ve toplu ölümlerde birkaç yerde aynı anda nasıl bulunduğunu, Allah'ın kötülük ve şerleri niçin yarattığını, sakat, eksik ve çirkin doğanlara adaletsizlik mi edildiğini, Hz. İsa (a.s.)'ın babasız doğmasını, Kur'ân'ın devamlı olarak ilmi teşvik ettiği halde, Müslüman devletlerin neden geri kaldığını, mezhepler ve farklı grupların ortaya çıkış sebeplerini, İslâmda kölelik anlayışını, dört kadınla evlenme konusunu, miras hukukunu, Hz. Âdem Aleyhisselâmın çocuklarının, yani kardeşlerin neden birbirleriyle evlendiklerini ve bugün bunun niçin mümkün olmayacağı gibi daha birçok hususu tatlı bir sohbet havası içinde, kitapların çeşitli yerlerinden okuyarak istifade ettik. Saatler ilerledikçe âdeta zindeleşiyor ve hem soruyu soran, hem de cevaplayanlar olarak büyük feyizler alıyorduk.

Bir ara Marksistlerin "eşitlik" diye ortaya attıkları ve bir türlü kendi memleketlerinde gerçekleştiremedikleri bir konuya temas ettik. O adam, bunu teori olarak anlattı. Örneğini sorduğumuzda, "Henüz Marksist ülkeler o seviyeye gelmediler" demişti.

Kendisine bir soru yönelterek:

- "Yetmiş yıldır Rusya'da komünizm rejim uygulanıyor" dedim. "Eşitliğin sağlanması için bu kadar yıl yeterli olmadı mı?" (Bu rejim, 1990 yılından sonra yıkıldı)

Biraz düşündükten sonra:

- "Peki, İslâm bu konuyu nasıl halletmiş?" dedi. "Yani, insanlar arasındaki maddî yakınlaşmayı ve uçurumları azaltmayı nasıl temin etmiş?"

Yine Risale-i Nur tefsirinde faydalanarak:

- "Toplum hayatındaki bütün ahlâksızlığın ve karışıklıkların kaynağı iki kelimedir" diye cevap verdim:

"Birincisi: 'Ben tok olduktan sonra, başkası açlıktan ölse bana ne.'

"İkincisi: 'Sen çalış, ben yiyeyim.'

"Toplum hayatının mahvolmasına sebep olan bu görüşler, zekâtın verilmemesi ve faizin devam etmesiyle kendini gösterir. Bu iki hastalığı tedavi edecek tek çâre; zekâtın bir kanun şeklinde verilmesi ve faizin terk edilmesiyle mümkündür. Kişilerin ve milletlerin saadetleri için en önemli husus, zekâttır.

"Çünkü insanlarda, zengin ve fakir olmak üzere iki tabaka vardır. Zenginlerin fakire karşı merhamet ve ihsan; fakirden zengine karşı hürmet ve itaati temin edecek olan tek şey zekâttır. Yoksa yukarıdan, yani zenginlerden, fakirin başına zulüm ve tahakküm iner, fakirlerden ise zengine karşı isyan ve kin çıkar. Böylelikle bu iki tabaka, dâimi olarak bir mücadeleden, zıtlaşma ve boğuşmadan kendilerini alamazlar."

Misafirimiz, bu açıklamayı büyük bir hayranlıkla dinlemişti. Özellikle "Tam eşitlik, ancak hukuk karşısında olur" ifadesi, onu son derece memnun bırakmıştı.

Misafirimizin liste hâlinde yazdığı son soruların cevapları verilirken, Adana minarelerinde "Allahü Ekber" sadaları çınlamaya başlamıştı. Sabah ezanları okunuyordu. Sabaha kadar, kalbimiz titreyerek, gözlerimiz nemlenerek bu doyumsuz sohbet devam etmişti.

## İLK NAMAZ VE İLK İTİRAFLAR

Vakit nasıl da geçmişti? On saate yakın süren sohbetimiz, hâdisenin şevk ve heyecanıyla bizlere on dakika gibi kısa gelmişti. Sevincimizden kuşlar gibi uçasımız geliyordu. O gece, bizim için tarihî bir andı. O hâdise, ne bombalı bir saldırı, ne insan hayatına taarruz, ne toplulukları ve kahveleri tarama ve ne de, hükümet ve devlete karşı isyandı. O geceki hâdise; imânsızlık cereyanlarının, imân hakikatleri karşısında çöküşü ve bu hakikatleri, zamanımızın anlayışına göre en uygun şekilde izah ve isbat eden ve Kur'ân'ın günümüzdeki en mükemmel bir tefsiri durumunda bulunan Risale-i Nur'un harika bir farkıydı. Evet, asrımızın tefsiri olan bu eser, sanki küfür cephesini temsilen karşımıza dikilen "o adam"ı asırlık bir çınar gibi yıkmış ve kendi iç dünyası ile hesaplaşmaya itmişti.

Misafirimizin gözlerinde oynaşan pırıl pırıl bakışlarda, bu değişmenin ve "yeniden doğma"nın izlerini görmek mümkündü.

Ezanları hep beraber dinledikten sonra ev sahibimiz:

- "Beyefendi" dedi, "sizi çok yorduk, kusura bakmayın. Yatağınız, içeride hazır, buyurun istirahat edin. Biz de namazlarımızı kılıp yatarız. Ben sizi kahvaltıya kaldırırım."

Misafirimiz bu nazik teklifi hiç duymamış gibiydi. Arkadaşımla birlikte abdest hazırlığı yaparken, sessizce yanıma yaklaşarak:

- "Hocam" dedi, "İnsan ömrü için yarın çok uzak bir an. Bu işe hemen başlamalı. Acaba diyorum, ben de mi abdest alsam?" Ve ardından yaşlar gözlerine dolup, geldi.

O anda bütün vücudumun titrediğini hissettim. Gece boyunca konuşmama rağmen, o anda söyleyecek tek bir kelime dahi bulamıyor, ne gözlerime, ne de kulaklarıma inanamıyordum. Bu hâdisenin bir rüya olmasından, uyanınca kaçıp gitmesinden korkuyordum. Allah'ım sen nelere kadir değilsin ki?

Onu abdest alacağı yere doğru götürürken, dayanılmaz bir ürperti ve heyecan içinde sırılsıklam olmuştum. Daha birkaç saat önce Allah'a inanmadığını ifade eden ve bunu da bir dâvâ olarak savunan yarım asırlık bir mücadele sahibi, o Büyük Kudret'in önünde secdeye kapanıp af dilemek için abdest alıyordu. Hareketlerinden, bir çocuk gibi hıçkırarak ağlamamak için kendisini zor tuttuğu anlaşılıyordu.

Bu ne ibretli bir tabloydu Allah'ım! Sanki imtihan perdesi yırtılmış ve hakikatler önümüze serilmişti. Gel de dayan bu sahneye...

Pantolonunun paçalarını, gömleğinin ise kollarını sıvamış vaziyette abdest almak için bana doğru baktığında, hiç oralı olmamış gibi davranarak arkamı döndüm. Başka şeylerle meşgul oluyordum. Bu aziz misafirimiz, abdest almayı bilmediği halde, belki de bütün melekler tarafından alkışlanan bir hazırlık içindeydi. Yüreğimi yakan bir duyguyla, gözlerimi bir türlü ondan alamıyordum. Önce musluğu açarak başına biraz su sürdü. Sonra, kollarını omuzlarına kadar ve ayaklarını da dizlerine doğru yıkadı. Kendisini o anda ikaz etmem, elbette yanlış bir hareket olacaktı. Namaza başlayınca, nasıl olsa doğruyu kendisi öğrenecekti.

Ev sahibimizin arkasında namaza dururken, gözüm yine "o adam"ın üzerindeydi. Büyük bir duygu yoğunluğuyla dalıp gitmiş ve âdeta kendinden geçmişti.

Birden kulağıma doğru eğilip:

- "Ne namazı kılacağız?" diye sordu.

- "Sabah namazı.", dedim.

- "Öyle ya" dedi. "Sabahleyin, sabah namazı kılınır. Ne kadar da dalmışım."

- "Peki, kaç defa yatıp kalkacağız?"

Arkadaşımız, "Kaç rekât?" demek istiyordu.

Ve birlikte, huzur-u İlâhîde el bağladık.

Aaah o an! Aaah o namaz! Neydi o haz ve lezzet Allah'ım? Sanki madde âleminden çıkmış ve sadece huzur ve hazzın yaşandığı manevî âlemlere kanat açmıştık.

Bu aziz misafirimizle birlikte ben de, bütün âleme doğru haykırmak istiyordum:

"Ya Rabbi, Senin azametin ve kudretin ne kadar büyük? Senin şanın, ne kadar yüce ve yakıcı?"

"İlâhî, bu lütfun ve bu ikramın karşısında dilim bağlandığı için, şükrümü ifade edecek bir kelime bulamıyorum. Sen ne büyüksün ki, yarım asır boyunca eğilmeyen mağrur başlar, Sana secde ediyor? Rakip tanımayan gurur dolu 'benlik'ler, sana iltica ediyor, Adına, şanına, dinine karşı inkârcılığı 'hak' dâvâ edenler, en ufak bir hakikat karşısında pişman oluyor, Allah diyor."

"Sen ne büyüksün Allah'ım!"

"O adam," daha sonra gönderdiği mektubunda, birlikte kıldığımız namazı şöyle anlatıyordu:

"Bu, hayatımda kıldığım ilk namazdı. Ya Rab! Ne büyük lezzet, ne büyük hazdı o? Namaz boyunca sessiz sedasız ağlamıştım. Risale-i Nur, elini kalbime uzatarak kir ve küfür nâmına ne varsa hepsini söküp atmıştı. Şimdi içimde çarpan, yıktıklarımı yapabilme endişesiydi."

Namazı bitirmiş kalkıyorduk. "Allah kabul etsin" diyerek elimi kendisine doğru uzattığımda, kollarını boynuma dolayarak ağlamaya başladı. Bir çocuk gibi hıçkırıyordu. Dayanmak ne mümkündü, bu sahneye...

- "Ya Rabbi!" diyordu, Sana nasıl şükredeyim? Bunu bile bilemiyorum. Bana hesapsız ikramlar, nimetler, bitmez tükenmez hazineler verdin. Hem de Sana isyan etmiş olduğum halde. Zaten Senin büyüklüğün de burada değil mi?"

Kendisine hiçbir şey söylemiyorduk. Yalnızca sessiz sedasız gözyaşları döküyorduk. Kendinden geçmiş vaziyette:

"Allah'ım! Ne olurdu yeniden dünyaya gelmiş olsaydım" diye tekrarlayıp duruyordu. "Bu hakikatları bilerek bir dakika yaşamayı, onlardan habersiz binlerce yıl yaşamaya tercih edeceğimi öğrendim, ama bir ayağım kabre girdikten sonra... Bundan sonraki af dileklerim ve gözyaşlarım, bir şeyi değiştirir mi bilmiyorum? Ama, şunu bütün kalbimle ifade ediyorum ki, yıktıklarımı yapabilmek için, her gün bir can vermeye razıyım."

Misafirimizin gözyaşlarına karışmış yalvarışları dinmek bilmiyordu. Sakinleşip oturduğu zaman, gözleri kan çanağına dönmüştü. Göğüs kafesi ise, körük gibi inip, kalkmaktaydı.

Sabah kahvaltısından sonra, biraz olsun kendine gelebildi.

O ana kadar kendisi hakkında en ufak bir bilgimiz olmayan misafirimizi, artık daha yakından tanımak istiyorduk:

Kimdi? Nereliydi? Ne yapmaktaydı? Nerede oturuyordu? Böylesine inanmış bir dâvâ adamının hayat hikâyesi, elbette dinlemeye değerdi.

Fakat o, bütün ısrarımıza rağmen, kendisi hakkında ayrıntılı bilgi vermekten kaçındı.

- "Bırakın Allah aşkına," diyordu. "Tahrip, inkâr ve küfür dolu bir hayatın nesini dinlemek istiyorsunuz? Benim hayatımda kapkara bir geçmişten başka bir şey yok ki..."

"Öyle bir geçmiş ki, bu geçmişte masum ve günahsız vatan evlâtlarının çığlıkları duyulur. Yıkılan ocakların enkazları yatar. Dökülen kanların lekeleri görülür. İsyanların ve saldırıların izleri yer alır. Ve bu geçmişte, devletimizin yıkılması için haincesine plânlar, metotlar, arzu ve emeller göze çarpar.

"Bunları mı dinlemek istiyorsunuz?"

"Şimdilik o kapıyı açmayın ve bana, böylesine kara bir ömrü birkaç saatte aydınlatabilen Risale-i Nur gibi bir eserden ve bu asra damgasını vuran Bediüzzaman'dan bahsedin. Küfür ve tahrip dolu kafaları, gönülleri aydınlatan bu Nurun metotlarını, gayesini, çalışma şeklini... Ülkemizdeki ve dünyadaki yankılarını... İslâm âlimlerinin bu konudaki görüşlerini... Kısaca, bu hizmet adına her şeyi anlatın bana. Benim buna ihtiyacım var.

"Şu anda bundan başka bir şey duymak ve dinlemek istemiyorum."

O adamın merak ettiği konuları kısa kısa anlatmaya çalıştık. O ise, ilgi ve zevkle dinledikten sonra başını sallayarak:

- "Evet" dedi. Maalesef, "Nesilleri bu şekilde kurtarmak isteyen bu hizmet şekli, bizim en büyük düşmanımızdı."

Bu samimî itirafın üzerine, hayretle soruyorum:

**- "Niçin en büyük düşmanınız Nur hizmeti ve Bediüzzaman Said Nursi'ydi? Halbuki komünizme savaş açmış birçok teşkilât ve dernek var. Bunlar her fırsatta 'Komünizmi biz durduruyoruz. Eğer bizler olmasaydık, bu vatana bolşevikler girerdi' gibi iddialarda bulunuyorlar. Ve bir kısmı da silâhla, size karşı mücadele ediyorlar. Halbuki Bediüzzaman ve talebeleri, hiçbir şekilde kaba kuvvete başvurmuyorlar."**

Biraz önce sîmasına yayılan tebessüm, bir anda silinip ve yeniden ciddileşerek:

- "Hocam," dedi. Tok sesiyle, "bana çok önemli bir soru sordunuz. Bunun cevabını kalbimde tam olarak hissetmeme rağmen, açık şekilde izah ediyorum. Yani Nur hizmeti hakkında bilgim yok demek istemiyorum. Ama şu eserleri bir defa okuyabilsem, eminim o zaman daha detaylı cevaplar verebilirim.

"Ama şu anda hemen söyleyeyim:

- "Komünizm bir ülkeye girmek isteyince, bazı taktikler kullanır. Bunlar, fakirliği ve yoksulluğu istismar etmek, ekonomik politikaları beğenmemek ve daha iyi bir hayat vaad etmektir. Bu arada işçilerin sömürüldüğü iddia edilir... Zenginler, çok kötü ve mutlak surette sömürücü gibi gösterilirler. Gençler, inkâr ve şehvet yoluyla aldatılmaya çalışılır.

"Bütün bunlara tepki olarak da başta işçi, öğrenci ve yoksul vatandaşlar sokağa çekilir. Mevcut hükümet zor duruma sokularak bir karışıklık ve isyan hareketine zemin hazırlanır. İşte bu noktada istenilen kıvam elde edilmiş olur.

"Komünizm hareketine kaba kuvvetle karşı koymak isteyen gruplar, aslında komünizm hareketini durduramadıkları gibi, bilâkis, karışıklık, saldırı, öldürme ve isyan gibi hareketlerle onu daha çok körüklemiş olurlar. Bu, zaten komünizmin istediği bir metottur. Çünkü bu hareketi yalnız komünizm taraftarı olanlar yapsalar, orduyu ve bütün vatandaşları karşılarına alıp çabuk ezilirler. Fakat bu harekete, 'Komünizmle mücadele ediyoruz' diyenler de karışırsa, hem ordu, hem de vatandaş ikiye bölünür. Biri bir tarafı, diğeri de öbür tarafı tutar. Tıpkı şimdi olduğu gibi... (1990 öncesi) Kimin suçlu, kimin suçsuz olduğu bilinemez. Çünkü ikisi de adam öldürmekte ve karışıklık çıkarmaktadır. Kanun birisini haklı, birisini haksız göremez.

"Bundan dolayı, silâha sarılana karşı mücadeleyi, güvenlik güçleri yapmalıdır. Vatandaşın vazifesi, güvenlik güçlerine mânen destek olmaktır. Yoksa 'Biz, komünizme karşı savaşıyoruz' demek, komünizmin istediği karışıklığı ve devlet otoritesinin zayıflamasını hızlandırır. Bu da komünizmin en çok istediği bir durumdur.

"Şimdi, asıl sorunuza dönelim:

"Komünizmin esas malzemesi olan gençler, inkâr, şehvet, başıboşluk ve maddî vaadlerle komünizme çekilir ve paravan olarak kullanılır.

"İşte Bediüzzaman ve talebeleri, komünizm cereyanını yürüten gençlerle sessiz bir mücadeleye girmiştir. Kaba kuvvet kullanılmadığı için bu mücadele hiç göze çarpmaz. Bu hizmetin olağanüstü metoduyla akıl ve kalpler feth edilir. Şüphe ve inkâr kirleri temizlenir. Materyalist fikirler, ilmî ve aklî delillerle yıkılarak yok edilir. Neticede o fikri taşıyan gençler tek tek kurtarılarak hakikat yoluna sevkedilir.

"Şu sohbetlerimizde gördüm ki, Risale-i Nur, örneği bir daha gösterilemeyecek mükemmellikte bir tefsirdir. Sanki Bediüzzaman, bu asrın ihtiyaçlarını, insanların kalp ve akıllarındaki şüpheleri görerek ve bilerek Kur'ân'ı tefsir etmiştir. Açıkça söyleyeyim ki, aklı, mantığı ve biraz da insafı olan birisi, bu eserlerdeki hakikatlere itiraz edemez. Bu yüzden komünizmle mücadele etmek isteyen bir devlet, bu hizmetin mutlaka destekleyip okullara koymalıdır. Gençleri, şehvetten, başıboşluktan ve mesuliyetsizlikten kurtarmak için bundan başka çâre yoktur."

O konuşurken yine araya giriyorum:

- "Komünizm, bütün gayretlerine rağmen neden Türkiye'de muvaffak olamadı?"

Hafifçe gülümseyerek:

- "Komünizmin, bu kadar müsait bir zemine rağmen neden hâlâ ülkemize giremeyişinin en güzel örneği ben değil miyim?" dedi. "Elli koca yılımı bu dâvâ uğruna harcamışım. Hayatımı kaç defa bu ideoloji uğruna tehlikeye atmışım. Bu uğurda çektiğim sıkıntıları anlatsam kütüphaneler dolusu kitap olur. Ama birkaç saatlik küçük bir sohbet sonunda dünyalarım, fikrim, inancım ve felsefem yıkılıyor. Tövbe ediyorum ve secdeye kapanıyorum. Bence bu, asrın olayıdır. Bu hakikat yalnızca ülkemize değil, bütün dünyaya anlatılmalıdır. Böyle olunca da, komünizm bu sağlam engeli aşamayacaktır."

Söz, tekrar kendi özel hayatına gelince:

- "Bana Salih Gökkaya derler" diyor. "Yani ben bu isimle tanınırım. Çevrem beni böyle bilir."

"Asıl adınız ne öyleyse?" diye soruyorum.

Yine tebessüm ederek:

- "Şimdilik bu kadarını bilin yeter" diyor. "Hem artık dostuz. Bundan da öte kardeşiz. İleride çok görüşüp, konuşacağız. Benim hakkımda en ufak ayrıntıyı bile öğreneceksiniz. Ama şu anda bazı şeyleri gizli tutmamı hoşgörünüz."

Kendi dâvâsının ileri saflarındaki bir lider olan Salih Beyin bu dönüşüyle ilgili olarak özel tedbirlere başvurmasını, özellikle can emniyeti açısından akla yatkın bulmuş ve ısrar etmeyerek konuyu değiştirmiştik.

- "Şu anda, (1979 yılı) Türkiye'deki Marksistlerin gerçek gücü nedir?" diye soruyorum. Şöyle cevap veriyor:

"1. Yüzde altmışı, şöhret ve şehvet düşkünüdür.

"2. Yüzde otuzu, makam ve para düşkünüdür.

"3. Yüzde beşi, kendi özel hesaplaşmasını bu yolla gerçekleştirmek için uğraşır.

"4. Yüzde beşi ise, hayâl ettikleri dünyaya kavuşmak için, hiç bir ücret beklemeden çırpınıp durur.

"Görüldüğü gibi, ülkemizdeki komünizmin gerçek gücü, yüzde beş kadardır. Ve gerçek dâvâ adamı yok denecek kadar azdır."

Sohbetin başından beri sormak istediğim soruyu soruyorum:

- "Sizin bu dâvâ içindeki yeriniz ve fonksiyonunuz neydi acaba?"

Anlamlı bir tebessümle cevap vermişti:

"Yine mi özel hayatım?" dedi. "Peki, özet olarak anlatmaya çalışayım:

"Her şeyimi bu ideolojiye adamıştım. Gördüğüm eksiklik ve noksanlığın bu şekilde giderileceğini ve aradığım hayâle de bu yolla kavuşabileceğimi sanıyordum. Bu felsefe, benliğime ve ruhuma işlemişti. En değerli yıllarımı, bu fikrin ve bu felsefenin uğruna harcadım. Komünizm adına her şeyi ezberlemiştim âdeta...

"İyi doldurulmuştum. İyi dolmuştum. Bu benim için hayatın parçası değil, hayatın kendisiydi. Çabuk sivrildim ve genç yaşta çok önemli yerlere geldim.

"Dâvâma hizmet etmek için İngilizce, Fransızca, Rusça ve yarım yamalak da Arapça öğrendim. Defalarca işten atıldım. Sayısını hatırlayamayacağım kadar çok olmak üzere, sabahlara kadar karakollarda dayak yedim, hapislerde çile doldurdum.

"Bütün bunlara rağmen hiçbir zaman ücret, karşılık beklemedim. Ama benimle beraber bu yola çıkanlar, göz kamaştırıcı makamlar elde ettiler. Meşhur oldular. Birçoğunu bu sayede dünya tanıdı. Hatta bu perde altında birçoğu da milyarlar vurdu. Ben ise, bunların hiçbirisini düşünmedim. Teklif mi edilmedi? Hayır. İnanın ki, onların hepsini avucuma alacak güçteyim. Ama kalbimdeki samimiyet ve karşılıksız hizmet anlayışı buna müsaade etmedi.

"Bilirsiniz ki, kimse geri hizmetlerde çalışmak istemez. Ön saflara geçmek daha güzeldir. Fakat ben, her nedense bu işin bensiz yürüyemeyeceğini düşünerek, hep arka safları organize etmeye çalıştım.

"Epeyce yurtdışı seyahatlerim oldu. Dünyanın sayılı Marksist liderlerini tanıdım.

Özellikle de, "Enver Hoca, Mareşal Tito, Milavon Dijilas, Fidel Kastro ve Abdünnasır gibi isimleri ve birçok Çin ve Rus Marksistleri tanıma fırsatım oldu. Onların hayatlarını gördükçe, maalesef hayal kırıklığına. Fakat yine de, 'Bunlar tam olarak Marksizmi anlayamamışlar, iyice kavrarlarsa, bu aksaklıkları giderirler' diyerek teselli buluyordum.

"Şimdi o dünyayı, bir sis içinde, görüyor ve unutmak istiyorum."

Salih Beye son sorum da şu olmuştu:

- "Siz, komünizmin çarpıklığına ve keyfi uygulamalarına defalarca şahit olmanıza rağmen, neden elli yıl boyunca onu savunmaya devam ettiniz?"

Bu soruya da özenle cevap vermeye çalışarak:

- "İnsan bir şeye inandı mı, onun hatasını kolay kolay kabul edemez," dedi. "Bir ömür boyu süren emek var. Onca gayret, onca fedakârlık. Görülen aksaklıkların düzeltileceği fikri de sık sık işleniyor. Bir hata olsa, 'onu aldatılmış burjuva kalıntıları yapmıştır' denerek işin içinden çıkılıyordu.

"Öte yandan ufak tefek zâyiatlar, dünya ihtilâli için hoş görünüyor. Birkaç devletin veya sayısı binlerce de olsa insanların bu uğurda önemi olmuyordu. Bu canların feda edilmesini, olağan karşılıyorduk.

"Elde, başka alternatif olmadığı için de kıyaslama imkânı bulamıyorduk. Ama şuna bütün kalbimle inanıyorum ki, teknoloji ve ilmin bu kadar hızla ilerlediği bir dünyada komünizm fazla dayanamaz. Ömrü çok azdır."

Salih Beyin on yıl önce söylediği bu sözlerin ne kadar isabetli olduğunu zaman gösterdi. 1990 yılı sonuna doğru komünist ülkeler, kendi halkı ve kendi insanı tarafından bir bir yıkıldı, komünist partiler kaldırıldı ve hür seçimlere gidildi. Bu asrı kana bulayan bu korkunç yönetim tarzı, tarihe karıştı. Ama milyonların hayatına malolan bu kanlı rejimin kurbanlarının acıları ve feryatları, hala yürek burkmaya devam etmektedir.

Konuşacağımız çok şey vardı. Ama otobüsümüzün kalkma saati yaklaşmıştı. Büyük bir duygu yoğunluğu, heyecan ve gözyaşları arasında vedalaştık. Kendisine adresimizi verdik ve mektuplarını beklediğimizi ifade ettik. Fakat bu aziz insanı, ilk ve son defa gördüğümüzün farkında değildik. Gerçek ismini bile bilmediğimiz bu dostumuz vasıtasıyla Risale-i Nur'un asrımıza hükmeden eşsiz hakikatlerinin kıymetini bir defa daha anlamıştık. Daha sonra onu soruşturduğumuzda, kendisini aynı adla bilen birçok insana rastladık.

## "ASRIN MEKTUBU"

Hâdiseden tam yedi ay sonra, Ankara-Maltepe'den postaneye atılmış olan bir mektubunu aldım. Bu, mektuptan ziyade bir nottu:

"Şu anda Risale-i Nur Külliyatını aldım" diyordu. "Onu okuyup derin derin tefekkür etmekten başka bir şey yapmıyorum, düşünemiyorum."

Ve bana, İzmir-Alsancak'da bir posta kutusu numarası veriyordu.

Hemen kâğıda ve kaleme sarılarak yazdım, yazdım. Bütün özlemimi, heyecanımı ve hasretimi döktüm. Ama aradan aylar geçtiği halde bir cevap alamıyordum. Bu arada üst üste mektuplar göndermekteydim. Ve maalesef mektuplar tekrar bana dönmeye başlamıştı.

Bütün ümidimi kestiğim bir anda, yani tam üç yıl sonra mektubu ulaştı elime... O gün bayram etmiştim.

Asrımızın hastalığını teşhis eden ve tedavi yollarını gösteren mektup sanki "Asrın Mektubu" özelliğini taşıyordu. Uzun ve çok ibretli olan bu mektubu, defalarca okudum ve her seferinde de gözyaşlarıma hakim olamadım.

Salih Bey, şöyle diyordu bu mektubunda:

"Pek değerli, muhterem kardeşim,

"İki yıl önce geçirdiğim ağır felç dolayısıyla, mektuplarının cevabını geciktirmek zorunda kaldım. Mektubunda, imân hakikatlarıyla nasıl müşerref olduğumu soruyor, geçmiş hayatımın rengi ve karakteri hakkında mâlûmat istiyorsun. Benim Nur'larla nasıl müşerref olduğuma sen şahit olduğun için, buna gerek yok sanırım. Fakat, Kur'ân hakikatlarını asra anlatan Risale-i Nur'un küfür ve isyan dolu kalplerde meydana getirdiği inanılmaz tebeddülâtı ve bütün insanlığa tek çıkar yol olarak sunulan komünizm fikriyatının param parça yıkılışını anlatabilmek için, hayatımı kaba çizgilerle anlatmaya çalışacağım; ibretle dinleyin:

"Babam, seferberlik kıtlığını ve perişanlığını ağır bir şekilde çekmiş fakir bir köylü parçasıydı. Kazandığıyla hiçbir zaman karnını doyuramadı ve el içine çıkıp da 'ben de bir insanım' diyemedi. O yokluk içinde, önce annemi, sonra benden büyük dört kardeşimi kaybettim. Babam ise beni aç bırakmamak için, kış günü balık tutmaya gittiği ırmağın sularına kapıldı, bir kefene bile sahip olamadan göçüp gitti. O zaman beş yaşındaydım ve hayatta yapayalnız kalmıştım. 'Gel yavrum' diyerek beni bağrına basacak, gözyaşlarımı silecek ve sıcak bir şefkat gösterecek kimseciklerim yoktu.

"Tahammül edilmez şartlar içerisinde sokak ortasına terk edilmiştim. Sadakalarla karnımı doyuruyor, çok zaman da aç olarak sabahlıyordum. Ayakkabısız kalan ayaklarımın derisine, bırak diken, çivi bile geçmez olmuştu. Bu derin ıztırap, bende başıboşluk, isyan ve hırçınlık gibi hisler uyandırmıştı. Daha 10 yaşındayken merhamet ve vicdan gibi duyguları yitirir olmuştum. Bu duygular içinde yatılı okula girdim. Etrafımı saran talebe ve öğretmenler, tam bir sefalet istismarcısıydılar. Her fırsatta kurtuluşun komünizmde olduğunu telkin ediyorlardı. Tam benim derdimin diliyle konuşan bu insanlara bütün kalbimi vermiştim. Hocalarımız elle tutulmayan, gözle görülmeyen, sesi duyulmayan hiçbir şeye inanmamamızı isterlerdi. Bu suretle iman esasları, bize tek tek inkâr ettirilmişti. Öyle ki (hâşâ) Allah'la, melâike ve kaderle herkes alay ediyordu.

"Ben ise, çalışkan ve zeki olduğum için fazlaca işlenmiş, mutlak bir inkâr içerisinde, örnek komünist olarak gösteriliyordum. Öyle ki, Marksist felsefeyi, büyük komünist klâsikleri harf harf ezberlemiştim. Bu yüzden bana herkes 'Lenin' derdi. Bu yola sür'atle tırmanarak önce okul, sonra semt, arkasından da bölge sorumlusu olmuştum. Artık bütün yollar bana açılmış, olayların plânlandığı, organize edildiği noktaya gelmiştim. Önemli bir asayiş görevlisi olarak hayata atıldım. Emeklilik günüme kadar bu hizmeti bıkmadan, usanmadan büyük bir iştahla yürütüyordum.

"Kendi dâvâma bizzat ben, milyonlarla ifade edilebilecek yardımlar sağlamıştım. Koltuğuna oturduğum öyle bir mevkiim vardı ki, bütün dünya komünistleriyle selâmlaşabiliyorduk. Devletin zaafa düşmesini dört gözle bekledik. Hem de devleti koruyan bir insan sıfatıyla... Binlerce genci imanından ettik. Nihayet yakayı ele vererek az bir cezayla kurtulduk. Ama bunu bir şeref saydık, hislerimiz sönmedi, aksine iştahımız kabardı. Bütün zerratımız, gücümüz ve kuvvetimiz, komünizm uğruna seferber olmuştu. Uykuları bile unutmuştuk. Fakat kısmete bakın ki, bütün hayatımı uğruna harcayarak komünizm dünyasında aradığım hakikatı bir seyahat esnasında bulacaktım:

## HAYRET DOLU TEBESSÜMLER

"1979 yılının bir güz ayında, Adana'ya gitmek üzere Keyseri'den otobüse binmiştim. Kaptan; 'Şarkı ve türkü söylemek isteyen varsa, buyursun mikrofona gelsin, yolumuz uzun, hem vakit geçer, hem de bizleri eğlendirmiş olur' deyince, ben bunu fırsat bilerek ayağa fırladım. Bu vesileyle, belki dâvâmı yolculara anlatabilecektim. Sesim güzel olduğu için, söylediğim şarkılar yolcuları cezbetmişti. Otobüsdekilerle aramda iyi bir diyalog kurulduğunu hissedince sohbete başladım. 'Vatandaşlarım' dedim. 'İçinizde huzurlu ve mutlu olan var mı?' Bu soru sanki top güllesi gibi düşmüştü ortaya... Herkeste hayret uyandırmıştı. Devam ettim: 'İçinizde hayatını garantiye almış olan var mı?' 'Peki' dedim. 'Her türlü ihtiyacımı karşıladım, hiçbir ihtiyacım kalmadı diyen var mı?' Hayret dolu tebessümler devam ediyordu. İlâve ettim: 'Kardeşlerim elbette bunlar mümkün değil, çünkü bu türlü ıztırapları ortadan kaldırabilecek bir rejimle idare edilmekten mahrumuz.' Yolcuların nefretini uyandırmadan, onların anlayacağı lisanla komünizmi anlatmaya başladım. Tam iki saat konuşmamı sürdürdüm. Herkes bana hayran kalmıştı. Ama bir genç âdeta yerinde duramıyor, itirazlarını belirtmek için fırsat aradığı her hâlinden belli oluyordu.

"Otobüs, Toros dağlarını tırmanırken lastik patlayınca, genç beni yakaladı. Gayet mütevazi bir tavırla, 'Sizi tebrik ederim' dedi. 'Konuşmanızla bizleri ihya ettiniz. Kendinizi gayet mükemmel yetiştirmişsiniz. Benim sizden istifade edeceğim çok meseleler olacak. Meselâ; insan nedir sizce?'

"Hiç beklemediğim böylesine bir soru karşısında âdeta aptallaşmıştım. Gerçekten, sıradan bir komünistin hayatını, herhangi bir Marksist eserin muhtevasını ve komünist ülkelerin tarihî seyrini sanki harf harf bildiğim halde, nedense böyle şeyler aklıma gelmemişti. Kendimi tanımayı unutmuştum. Aynı soruyu ben sordum kendisine: 'Peki sizce nedir?' Karşımdaki nuranî sîmalı genç, beni istediği mevzuya çekmenin rahatlığıyla olacak ki, gülerek devam etti: 'Bu bir çırpıda izah edilecek bir mevzu değildir. Eğer arzu ederseniz, cebimde ufak bir eser var, bu mevzuu oradan okuyalım.'

"Tenha bir köşeye çekilmiştik. Bana bütün gayretiyle Allah inancını anlatmak istiyordu. Bazı sorular sorunca, mükemmel cevaplar almıştım. Sıradan bir insan olmadığını anlamıştım gencin. Nihayet yıllar sonra dişime göre bir fikir adamı bulmuştum. Üstelik, komünizm felsefesini benim kadar iyi biliyordu. Tartışmamız, Adana garajına kadar sürdü. Hayran kalmıştım. Genç arkadaşımın yolu bitmemişti. Tuttum kolundan, 'Mümkün değil seni bırakmam' dedim. 'Meseleleri bir neticeye bağlamalıyız. Zihnim allak bullak oldu. Soracağım çok şeyler var. Bugün mutlaka burada kalmalısınız' Genç; 'Bir şartla kalırım' dedi. 'Benim misafirim olmak kaydıyla.' Anlaşmıştık. Birlikte arkadaşının evine gittik. Genç öğretmen, eline aldığı kitaplarla bütün sorularımı bir bir cevaplayarak yarım asırlık dâvâmı ve fikirlerimi yıkmıştı. Sabah ezanına kadar devam ettik. Benim dünyam değişmişti. Yıllardır iftiharla taşıdığım fikirler, ancak birkaç saat dayanabilmişti. Önümde yepyeni ve nurlu ufuklar vardı artık.

"Namaza birlikte durduk. Bu, hayatımda kıldığım ilk namazdı. Aman yâ Rabbi! O ne büyük haz, o ne büyük lezzetti! Namaz boyunca sessiz sedasız ağlamıştım. Risale-i Nur, elini kalbime uzatarak kir ve küfür namına ne varsa hepsini söküp almıştı. Bizlere, artık yıktıklarımızı yapabilme çabası ve endişesi düşmüştü.

## ÜSTADIN TESELLİSİ

"Amerika'da oğlumun ziyaretindeyken, 1981 Haziran'ında ağır bir felç sardı beni. Hiçbir tarafım tutmaz haldeyken yoğun bakıma alınmıştım. İşte o sırada, hâlâ heyecanını duyduğum çok tesirli bir rüya gördüm:

Üstad, arkasında bir zatla beraber yattığım odaya girdi. Onu görünce hâlimi arz edercesine ağlamaya başladım. Geldi, üzerime eğildi, tebessüm ederek dedi: 'Senin o kadar büyük günahların vardı ki, şu Amerika'ya doldursak taşar, denizlere dökülürdü. Risale-i Nur, senin hayatına kefil oldu. Ve bu hastalık, o dehşetli günahlarına keffaret olsun diye verildi. Sabret, şükret.' Arkasında elpençe vaziyette duran zata döndü, 'Öyle değil mi Mevlânâ Halid?' dedi. O da, 'Öyledir Üstadım' diye cevap verdi. O rüyanın heyecanıyla uyandım ki, vücudumun yarısına can gelmiş.

"Memlekete döneli henüz aylar oldu. Bu çekilmez hastalığa karşı tek tesellim, 4 yıl önce tanıma bahtiyarlığına erdiğim Risale-i Nur'dur. Bende okuyacak takat kalmadı. Torunumun sesiyle bazı kısımları banda aldırdım. Akşama kadar büyük bir haz ve tefekkürle dinliyorum. Ayetü'l-Kübra'da Üstadın o müstesna tahlilleri ve tevhid delilleri ruhuma öylesine işliyor ki, ne bir novaljin, ne bir morfin vurdurmaya ihtiyaç kalmadan o ağır sızılarımı unutup, sessiz sedasız dalıp gidiyorum. Hele 10. Söz beni bir çocuk gibi ağlatıyor. Halbuki bir zaman ayağıma saplanan kurşunun acısı karşısında, 'of' bile dememiştim.

"Küfürle geçen o uzun ömrümü unutamıyorum. Bir anlık Allah'ı inkârın hesaba sığmaz cezasını düşünürsek, 40-50 yılını bu şekilde geçirmenin getireceği ürpertici günahın azabını bir an olsun kalbimden atamıyorum. Beşer kanunlarının ceza vermekten âciz kalacağı bu günah dolu hayatı temizlemek için, elbetteki bir cehennemin vücudu lüzumlu ve zaruridir. Ama rahmetine iltica ettiğim o büyük kudretin önünde secdeye kapanıyor ve af dileklerimi göz yaşlarıma katarak takdim ediyorum. Kendisine açılan ellerden, mırıldayan dudaklardan yükselen samimî pişmanlıkları çevirmeyecek kadar merhamet sahibi olan Rabbimi düşündükçe teselli buluyorum. Zaten insanın hasta, âciz ve bitkin olduğu ve ömrünün sonuna yaklaştığını hissettiği bir anda, ona teselli verecek öyle bir kudret sahibi lâzım ki, hükmü hem hastalığa, hem âcizliğe, hem ölüme ve hem de ecele geçsin. Yoksa ne para, ne makam, ne evlât, ne de mal mülk o teselliyi temin edemiyor. Aksine onlardan ayrılmanın verdiği ıztırap öylesine dehşetli ki, bin felçten daha korkunç. Bu hakikatı yaşayan bir insan olarak ben sizlere canlı bir misal olmalıyım.

"Kardeşim, küfrün en dehşetli kıvamında pişmiş bir insan olarak diyeceğim şudur: İnsanlık tarihinin en korkunç buhranı hâline gelmiş olan günümüzün inkâr ve isyan cereyanı; bütün dinleri ve bütün insanlığı karşısına alarak yaptığı dehşetli tahribatlarla, kâinatı titretebilecek bir merhaleye ulaşmıştır. Akıl almaz para, tedbir ve polisiye kuvvetlerin dahi önünde âciz kaldığı komünizm âfetinin bertaraf edilebilmesi için, Kur'ân hakikatlarını asrın idrakine en mükemmel şekilde anlatabilen Risale-i Nur gibi bir hakikata ihtiyaç vardır. Bütün insanlığın vebalini omuzuna alarak haykırıyorum ki, başka alternatifimiz kalmadı. Bunun aksini iddia etmek, komünizm hesabına hizmettir.

"Ben bunu tecrübemle söylüyorum. Bu fitneden vatanı, insanlığı ve kâinatın hukukunu korumak isteyen her kuvvet sahibi, önce Risale-i Nur'un neşrini birinci plâna almalıdır. Yoksa kâinat bu zulme dayanamaz. Kıyametin kopmasına fetva verdirmiş oluruz. İnsaf sahiplerine havale ederim.

"Dualarını bekler, gözlerinden öperim."

16.10.1983

Salih GÖKKAYA

Alsancak/İZMİR

* * *

Risale-i Nur eserlerinin kalp ve gönüllerde nasıl bir bahar oluşturduğunu müjdeleyen mektup, yüreğimize sonsuz bir huzur doldurmuş ve duygularımızı ayağa kaldırmıştı.

Bu harika mektubu derhal çevreye duyurdum. İstedim ki, benim duyduğum bu sonsuz mutluluğu ve sevinci onlar da duysunlar. Bütün Müslümanlara bir müjde, bir moral olsun.

Mektup kısa zamanda yayıldı. İlden ile, dilden dile ulaştı, dolaştı. Öylesine bir ilgi uyandırdı ki, bunun üzerine binlerce mektup aldık. Hepsinin de ortak isteği, bu hâdisenin mutlaka bir kitap haline getirilmesiydi.

Salih Bey hâdisesi, Âhirzamanda insanların imana ne kadar muhtaç olduklarının ibretli bir belgesidir. Bugün Nur hizmeti sayesinde Salih Bey gibi binlercesi, milyonlarcası İslâmın ter ü taze hakikatlarıyla müşerref olmakta ve kendilerini yeni doğmuş olarak görmektedirler. Artık gün geçmiyor ki, her gün bir Salih Bey olayı duyulmasın. Bu da İslâm'ın doğru anlatıldığında, insanların asla reddedemeyeceği gerçeğini ilan etmektedir.

## SALİH BEYİN İKİNCİ MEKTUBU

Salih Beyin, Amerika'nın California'daki adresine mektup gönderip, hastalığı için âcil şifalar temenni ettim ve sıhhatinin bozulduğuna çok üzüldüğümü belirttim.

Mektubumun cevabını, Ocak 1985'de aldım. Ama, mektup 12 Aralık 1984'de yazılmıştı.

Mektubu Salih Bey yazmış, ama gönderen, kendisi değil, oğlu.

Mektubun içinde, oğlunun yazmış olduğu küçük bir not çıkmıştı:

"Babam Salih Bey'in vefatından iki gün sonra özel odasına girmiştim. Masasının üzerinde, sizin adresinize yazılan ve atılmak üzere hazırlanan bir mektup duruyordu. Rahmetli babam maktubu yazmış, ancak postaya vermeye ömrü yetmemişti.

"Bu mektubu, bir vasiyet sayarak sizlere postalıyorum.

"Değerli babam, buradaki Müslümanların iştirakiyle ebedî vatanına tevdi edildi."

Notun altına, isim yazmış "Oğlu" diye imzalamış.

Salih Bey'in vefatı bizleri ne kadar üzdüyse, ikinci mektubu da o kadar sevindirdi. Bu öyle bir mektuptu ki, bütün dünyamı alt-üst etti, beni heyecan kasırgasına sürükledi.

Defalarca okuduğum ve her seferinde de ağladığım bu mektup da, vatanın dört bir yanını dolaşarak, dilden dile yayıldı gitti.

Satır satır ezberlenecek değerdeki Salih Bey'in "ikinci mektubu" şöyleydi:

"Maddeten çok uzaklarda, ama mânen yanımda hissettiğim bahtiyar kardeşim,

"Son gönderdiğin mektubunda durumumu çok merak ettiğini anladım. Kardeşim, merak kuvvetini böylesine günahkâr bir insanın ahvaline sarfetmek çok yazıktır. Çünkü, merak kuvvetini sarfedecek, kâinat büyüklüğündeki imân dururken, o cevheri değersiz şeyler uğruna tüketmek akıl kârı değildir.

"Kardeşim, şu anda maddeten tamamen bittim. Ayağa kalkmak şöyle dursun, konuşmaya bile takatım kalmadı. Bu satırları karalamak için, annesinin sıcak sinesine sığınmak hevesiyle yuvarlanan âciz bir çocuğun mücadelesini veriyor gibiyim. Bu bitmiş ve tükenmiş hâlim, bana hiç unutamadığım eski bir hatıramı hatırlattı:

## BİR KOMÜNİST LİDERİN İTİRAFLARI

"Tarihin birinde, Yugoslav Devlet Başkanı Mareşal Tito'nun Belgrat'a çağırdığı gençler arasında bulunuyorduk. 83 yıllık ömrünün, yetmiş yılını Yugoslav komünizmi uğruna fedakârca harcamış olan başka bir komünist liderin, çok hasta olduğunu söylediler. O insanın ismini, bayraklaşan mücadelesini, dâvâsının uğruna inanılmaz fedakârlıklarını daha önce biliyorduk ve çok büyük hayranlığımız vardı. Hemen evine, ziyaretine koştuk. Yanımda, başka ülkelerden gelmiş komünist talebe teşkilâtı başkanlarından birkaç kişi daha vardı. Yattığı odaya girince bütün duvarların, komünizme yaptığı başarılardan dolayı, almış olduğu başarı-şeref belgeleri ve madalyalarla dolu olduğunu gördük. Dünyanın on onbeş komünist lider kadrosu içinde sayabileceğimiz bu adam, yatağına yapışmış, bitkin bir halde inliyordu. Bizler böylesi bir vasıftaki komünistle karşılaşmanın heyecanı içindeydik. Yatağından zorla doğruldu. Etrafında, pervaneler gibi hizmetçiler dönüyordu. Çehresine sanki yılların çilesi çizgi çizgi kazınmıştı... Milyonlara hitap eden o dil ve çene çökmüş, eller ve bacaklar tam bir kemik hâlini almıştı. Bizler çok iyi İngilizce bildiğimiz için onunla rahatça konuşabiliyorduk.

"Bu büyük Marksistle bir ara göz göze geldik. Gözleri yaşla dolmuş, dudakları titriyordu. Yüzünde öylesine acı ifadeler şekilleniyordu ki, sanki ölmenin ve bu dünyadan ayrılmanın sancısı içinde ağır bir ıztırap çekmekteydi. Bunu hissedince teselli vermek için dedim:

"Ustam, sizin hayatınız harf harf komünizmin altın sayfalarına yazıldı. Sizi takdir etmeyen, alkışlamayan hiçbir yoldaş gösterilemez. Hepimiz de sizin hayranınızız. Bir mâbud gibi, saygı ve takdir görüyorsunuz. Ölüm neden sizi bu kadar korkutuyor? Gerçi maddeten aramızdan ayrılabilirsiniz, ama yaptığınız unutulmaz hizmetinizle yaşayacaksınız.

"Ölüm kelimesini duyunca, sanki depreme tutulmuş gibi titrediğini gördüm. Bir an yüzü gerildi, bakışları sertleşti ve nefesinin temposu korku ve telâşla hızlandı. Ağlamaklı ifadelerle söylediği şu cümleler, hâlâ kulaklarımda çınlar:

"'Yoldaş,' dedi, 'Ben ölüyorum artık... Ölümün ne derece korkunç bir şey olduğunu size anlatamam. Anlatsam bile sıhhatli ve genç olan sizler, bu yaşta bunu anlayamazsınız. Düşünün, ölmek, yok olmak... Toprağa karışmak ve dönmemek üzere gidiş... İşte bu çıldırtıyor beni... Dostlarımızdan, sevdiklerimizden, ünvan ve makamlardan ayrılmak... Dünyanın güzelliklerini bir daha görememek... Ne korkunç bir şey anlamıyor musunuz?

"Ölmeden önce her dakika, her saniye ölüyorum. Ölüm öylesine dehşetli bir hayalet ki, zehir saçmaya devam ediyor.

"Yoldaşlarım, sizlere açık bir kalple itirafta bulunmak istiyorum: Ben öldükten sonra, toprak olacaksam, diriliş, ceza veya mükâfat yoksa, benim yaptığım mücadelenin değeri nedir? Söyleyin bana? Vay, yoldaşlarımın kalbine gömülecekmişim veya unutulmayacakmışım veya alkışlanacakmışım neye yarar?'

"Ben mahvolduktan sonra, beni alkışlayanların takdir sesleri, kabirde vücudumu parçalayan yılan ve çiyanları insafa getirir mi? Söyleyin, bu gidiş nereye? Bunun izahını Marks, Engels, Lenin yapamıyor.

"İtiraf etmek zorundayım;

"Ben Allah'a, Peygambere ve âhirete inanıyorum artık. Dinsizlik bir çare değil. Düşünün, şu kâinatın bir Yaratıcısı, şu muhteşem sistemin bir kanun koyucusu olmalıdır... Bence ölüm de son olmamalıdır...

"Mazlumca gidenlerle, zalimce ölenlerin bir hesaplaşma yeri olmalıdır. Hakkını almadan, cezasını görmeden gidiyorlar. Böyle keşmekeş olamaz. Ben bunu vicdanen hissediyorum. Öyle ki, milyorlarca suçsuz insanlara yaptığımız eza ve zulümler, şu anda boğazıma düğümlenmiş bir vaziyette... Onların ahlarına kulak verecek bir merci olmalı... Yoksa insan teselliyi nereden bulacak? Bunların bir açıklaması olmalı... Marks bu mevzuda halt etmiş. Uyuşturmuş beynimizi... Nedense ölüm kapıya dayanmadan bunu idrak edemiyoruz. Belki de göz kamaştırıcı makamlar buna engel oluyor. Ben bu inançtayım yoldaşlarım, sizler de ne derseniz deyin.'

"Bu hüzünlü satırlardan sonra, sizleri sevindirecek bir haber vermek istiyorum:

## ATEİST PROFESÖRÜN İMANA GELİŞİ

"Ben hastanede yatarken, oğlunu ziyarete gelmiş olan 'ateistler' yani Allah'a inanmayanlar cemiyetinin idare kurul üyesi bir felsefe profesörü ile tanıştık. Kendisi California Üniversitesinde öğretim üyesi imiş.

"Gayelerinin ne olduğunu sormuştum;

"Bütün dinler' dedi, 'insanlar üzerine kalın bir örtü örterek, dünya zevk ve lezzetlerine karşı ağır kurallar koyup, gençliğin tam lezzet ve keyf almasına mâni oluyorlar. Bizler ise, insanların tam lezzet ve keyf almaları, korku duymadan kendilerini tatmin etmeleri için Allah'ın olmadığını telkin ediyoruz.

"Amerika'daki bu cemiyetin Moskova ile koordineli çalıştığını biliyordum. Çünkü, Rusya, Amerika'ya komünizmi istediği mânâda sokamadığı için, Amerikan gençliğini başıboşluğa itmek gayesiyle Allah'sızlık fikrini destekliyor. Aslında bu cemiyet dolaylı bir Moskova teşkilâtıdır.

"Felsefe Profesörünün bu izahına karşı, becerebildiğim kadarıyla Meyve Risalesi'nin 'Üçüncü Meselesini' anlattım. Beni fevkalâde bir alâka ile dinledi. Tabiî ki, bu iman hakikatı, onun isyan ve inkâr dolu akıl ve kalp kapılarını bir derece aralayınca, hayatı boyunca birikmiş olan inkâr soruları da peş peşe sıralanmaya başladı. Zamanın müsaitsizliği ve benim de takatsızlığıma rağmen, Pofesör, Nur hakikatları karşısında çözülüyordu artık... Tekrar görüşmek ümidiyle ayrıldığımız zaman gözlerinin içi gülmekteydi.

'Allah'a binlerce hamdolsun ki, kendisiyle ikinci kez buluştuğumuz zaman, epeyce uzayan sohbet sonunda, şehadet parmağı havaya kalkarak, gözyaşları arasında, âdeta bütün küfür âlemine haykırırcasına Müslümanlığını ilân etti. Gece yarısını geçerek ayrıldı ve namaz kılmayı öğrenmek için, sabah erkenden geleceğini söyledi.

"İple çekmiştim sabahın olmasını... Gözlerim saatlerce onun kapıyı açıp içeri girmesini bekledi. Ama ne yazık ki, vakit öğle olmasına rağmen o hâlâ görünürlerde yoktu. Endişeyle, evini telefonla aradım.

"Karşımda titrek sesli bir yabancı vardı.

"Profesör nerede, dedim."

"Siz Salih Bey misiniz, diye atıldı."

"Evet, dedim."

"Gece bir kalp krizinden öldü ve ölürken de sizi sayıklıyordu, dedi."

"Oğluymuş. Genç devam etti:

"Ölmeden iki saat kadar önce bizleri topladı. Uzun uzun izahatlardan sonra bizim de Müslüman olmamızı istedi. Ben, annem ve kız kardeşim babamın anlattıklarını uygun bularak Müslüman olmuştuk. Sabahleyin de namaz kılmayı öğrenmek için, birlikte yanınıza gelecektik.'

"Yığılakalmıştım. Yâ Rabbi, Senin Azamet-i Kibriyan önünde başımı kaldırmamak üzere secdeye kapanmak istiyorum. Çünkü Sen bize, isyan ve küfürle dolu kapkara bir ömrü, bir saatte aydınlatabilen Risale-i Nur gibi bir hakikat nasip ettin. Bu ne büyük bir nimet Allah'ım! Bu ne tükenmez bir hazinedir! Zerratımız adedince kendimizi, Senin rızan yolunda feda etsek, yine şanına lâyık hamd etmiş olamayız.

"Aziz kardeşim, bir takdis-i nimet tarzında ifade edeyim ki, bir ömür boyu mâşukunun sevdasıyla tel tel eriyen hasretli kavuşma gününü nasıl iple çekerse, Resulullaha ve Üstadıma kavuşma anımı iple çekiyorum. Bekliyorum, o anı... Azrail Aleyhisselâmın kapımı açmasını bekliyorum. Ölümle aramda incecik bir perde kaldı. Kefenim ve sabunum baş ucumda duruyor. Cenab-ı Hak, son nefesimizde de Nur talebesi olmak bahtiyarlığını nasip etsin.

"Dualarınızı bekliyorum.

12.12.1984, Salih Gökkaya"

## SALİH BEYİN OĞLU

Salih Beyin vefat haberini alınca, derhal telgrafla taziyelerimizi ilettim. Ardından da uzun bir mektup yazdım. Mektubu oğluna hitaben kaleme almıştım.

Mutlaka tanışmak istediğimi, babasıyla olan dostluğumuzun kendisiyle devamını arzu ettiğimi, babası hakkında öğrenemediğimiz birçok konunun kendisinin yardımıyla aydınlatılmasının lüzumu ve zarureti üzerinde durdum. Ve mektubuma cevap vermesini, âdeta yalvararak istedim.

İki ay gibi bir zaman geçtikten sonra, iki paragraflık bir mektup aldım. Şöyle diyordu:

"Acımızı paylaştığınız için ilginize teşekkür ederim. Elbette ki babamın dostu, benim de dostumdur. Lâkin adresimi değiştireceğim için, sizinle düzenli bir irtibat kuramayacağımı sanıyorum. Beni anlayacağınızı umuyorum.

"Selâmlar..."

Mektubun sonundaki tarihi altında, el yazısıyla yazılıp imzalanan ve "Savaş Eser"e benzeyen bir isim okunmaktadır. Bu, gerçek adı mı, değil mi bilemiyorum. Eğer gerçek adıysa, Salih Beyin soyadı "Eser" olmalıdır. Ya adı? İşte hâlâ karanlıkta kalan bir nokta...

Oğluna defalarca mektup yazdım. Cevap gelmedi, fakat iade de edilmedi. Ama son mektuplar, bana iade olundu. Üzerinde 'adres değiştirdi' yazılmıştı.

Hâlâ, oğlundan bir cevap bekliyordu. Kapkara geçmişini, nurlarla aydınlatan o müstesna insanın karanlık hatıraları gün ışığına çıkar ve birçok merak konusu olan noktalar da aydınlatılmış olur, diye ümidimi muhafaza ediyorum.

Ve yine temenni ediyorum ki, böylesine değerli bir insanın oğlu, Amerika'nın sefahati içinde eriyip gitmez de, babasının hatırasına sımsıkı sarılır. Bunu yalnız ben değil, binlerce ehl-i imân arzu etmektedir.

Salih Beyin de ruhu şâd olsun. Cenab-ı Hak, günahlarını affetsin. Ve küfrün çıkmazında çırpınan daha nice Salih Beylere aynı hidâyeti nasip etsin.

Karanlık dünyaları, Nurlarla dolsun.

Âmin, âmin, âmin!

# TAKDİR VE TEBRİK

Bediüzzaman Said Nursî'nin mümtaz talebelerinden Mustafa Sungur'un, bu kitabın hazırlanmasıyla ilgili olarak Halit Ertuğrul'a yazdığı mektuptur:

"Aziz ve gayretli ve sâdık kardeşimiz Halit Efendi,

"Mektubunuzu aldım. Bu hakir kardeşiniz de, o mektupların beraber neşrini ve bir kitap halinde basılmasını arzu ediyordum. Çünkü o mektuplar, o müjdeli hâdisenin, hakikatte ne azametli bir tecelli olduğunun ifadesini taşıyor. Ve Risale-i Nur'un, Kur'ân'ın elinde bir elmas kılıncı ve hem bir nur-u hidayet olduğunun nişânesidirler. Bize de beş-on tane gönderebilirseniz memnun oluruz.

Hakikaten bu zaman Kur'ân nuruna en çok muhtaç olunduğu bir zaman... Hem de zaman ve zemin hizmete en çok müsait bir zaman... Hem de elimizde Risale-i Nur gibi bu zamanın fehmine ve asrın anlayışına tam muvafik ve mutabık bir hazine-i mâneviye var olduğu halde, lâyıkıyla hizmet edemiyoruz. İnşaallah, sizler sönmek bilmeyen iştiyakınız ve azim, şevk dolu gayretinizle ve çok muhtaç biçarelerin imdadına koşarsınız.

"Tekrar ve tekrar ve minellahi'tevfik. Size binler selâm ve saâdetler ve bilhassa gelen Berat ve Ramazan-ı Şeriflerinizi tebrik ederiz.

Kitaplardan acele bekliyorum. Allahü Teala dâimâ muîniniz olsun.

Âmin bi-hürmet-i seyyidi'l-mürselin."

Elbâkî Hüvelbâkî Kardeşiniz

**Mustafa SUNGUR**

## BİR BABANIN ACILARI NASIL DİNDİ?

Salih Beyin ibretli dönüşü duyulunca, bu konuda çok mektup aldım. Bunların bir kısmı müjdeli haberlerle doluydu. Aşağıya alacağımız mektup, bunlardan birisidir.

Mektup, bir emekli edebiyat öğretmeni tarafından, oğlunu inkâr ve isyan bataklığından kurtaran bir gence yazılmıştır. O mektup, ibret alınsın diye bana da gönderilmiş. Aşağıya alıyorum:

"İki gözüm, değerli yavrum,

"Tanımadığın bir imzayla alacağın bu mektup karşısında şaşıracağını biliyorum. Zira ben de sizi tanımıyorum. Tahmin ediyorum ki, hayatınızda ilk defa böyle bir mektup alıyorsunuz.

"Sözlerime kendimi tanıtmakla başlayacağım. Ben emekli edebiyat öğretmeniyim. Yaş olarak değilse de, ruh olarak çok bitik ve ihtiyarım. Bir yandan meslek hayatımın sona erişi, öte yandan hanımın vefat edişi, diğer yandan da hayatımın gayesi zannettiğim evlâtlarımın hayırsız ve bedbaht çıkmaları, çok az adama nasip olan çile ve ıztırapları da beraberinde getirdi. Daha başka bir ifadeyle canavar hayvanlar karşısında titreyen bir çocuk gibiyim. Ve ağlıyorum evlâdım, hem de her gün...

"Büyük olan onlar mı, ben miyim? İnan ki bilemiyorum.

"Büyük oğlum doktor. Almanya'ya gitti. Ben onu unutmadım, ama o beni unuttu. Ne mektubu var, ne de selâmı. Onun küçüğü hâkim, isminden bile bahsetmekten korkuyorum. Kızım ise, yüz karalığın en iğrencini yaparak, iki yıl önce bir genç ile gitti, gidiş o gidiş...

"Değerli evlâdım! Sen baba yüreğini bilir misin, bilmem, ama evlâtlarının ihanetine uğrayan bir ihtiyarın duyduğu sancıyı aslâ duyamazsın. Teselliye ve hizmete muhtaç bir insanın böylesine bir acıya gark olması, en insafsız insanları dahi ürpetir değil mi? Ama benimkilerini asla...

"Bu acı dertleri unutturan, alçaklığın en korkuncunu bile benden esirgemeyen en küçük oğlumdan bahsetmek istiyorum.

"Bu yıl fakülte son sınıfta okuyor. O sizi tanıyor, aynı sınıftaymışsınız. Gayesi, hayvanlar gibi yaşamaktan başka bir şey değil. Gayr-i meşru hünerleri bir şeref telâkki eder. Sefâhat topluluklarını adım adım tekip eder. Hayâ, nâmus, merhamet ve saygı gibi ulvî hisler, ona göre âdi ve değersiz şeylerdir. Ona oğlum demeye utanıyorum. Zaten o, asırlık maddî varlığımı eritti. Ne zaman onu ikaz etmek istemişsem, ya kötü sözünü işitmişim, ya da dayağını yemişim. Hele beni bir câni gibi dövüp kolumu kırdığını unutamıyorum. Günlerce inledim. Kapımı açıp beni doktora götürecek bir dost da gelmedi. Teselliyi hep ağlamakta buluyordum.

"Paramın bittiğini anlayınca, sırtımdaki yeni pardesüyü çıkarıp satmak istedi. Yalvardım: 'Evlâdım, bari bunu yapma' dedim. 'Soğuk odada yatıyorum, ihtiyarım, dayanamıyorum' dedim. Fakat son derece sert ve ağır hakaretleriyle karşılaştım.

"Âdeta kâinat başıma çökmüştü. İliklerime kadar titredim. Koynumda bir evlât değil, bir yılan büyütmüşüm meğer.

"İşte evlâdım, ben bu acı hayatın çarkları arasında eriyen zavallı birisiydim. Sevmek, gülmek ve huzur denen şeylerin adını bile unutmuştum. Fakat olacağa bak sen:

Risale-i Nur imdada yetişti

Bir gün soğuk odamda, yorganıma sarılmış, dertlerimle baş başaydım. Kapı yavaşça açıldı. İçeriye o girdi. Her zaman kapıyı tekmeleyerek açar ve büyük bir hışımla içeri girerdi. Koşarak geldi, kendini kollarıma attı. Gözlerinden yanaklarına doğru akan yaşlar, çenesinden aşağı doğru süzülüyor, sarsıla sarsıla ağlıyordu:

"'Affet babacığım,' diyordu. 'Her şeyi unut, dünyaya yeni geldiğimizi farzet, her şey yeniden başlayacak' diye feryatlar koparıyordu.

"İnanın, hayâl görüyorum, zannettim. O anda ben de kendimi kaybetmiştim.

"Okulda sizinle tanıştığını söyledi. Bir akşam, kaldığınız evde misafir etmişsiniz. Kendisine hayatın ve insanın gayesini anlatan Risale-i Nur adlı eserlerden pasajlar okumuşsunuz. Ona öyle bir tesir yapmış ki, anlatmakla bitiremiyor. Şimdi o eserleri beraberce okuyor ve namazlarımızı birlikte kılıyoruz. Tam olarak huzura erdik, ruhumuz sevinç dolu. Baba olduğumu yeni anlıyor ve Allah'a şükrediyorum.

"Evlâdım, sizlere nasıl teşekkür edeceğimi bilemiyorum. Allah, sizler gibi imânlı gençlerin sayısını artırsın. Hizmetiniz çok kudsî yavrum. Bundan daha büyük bir hizmeti insanlık tarihi gösteremez. Cehennem hayatı yaşayan bir insana Cennet hayatını tattırmak, tarifi mümkün olmayan bir kıymettir. Eğer şu anda servetim olsa, hepsini de bu hizmetiniz uğruna sarf ederdim. Allah, sizlerden ebediyyen razı olsun.

"Dualarınızı bekler, gözlerinden öperim.

5.4.1984

Emekli edebiyat öğretmeni

**Kemal KÜÇÜKARSLAN**

## KİTABI OKUYANLARIN GÖRÜŞLERİ

Kendini Arayan Adam, harika bir kitap. Bu kitabı her genç mutlaka okumalıdır.

*(Hasan ATA, BİTLİS)*

Kitabınızı bir gecede okuyup, bitirdim. O sabah bir başka sabah olmuştu. Çünkü ilk namazı o sabah kılmıştım.

*(Zikri HALLAÇ, İZMİR)*

Huzursuzdum, kavgalıydım ve evi terketmiştim. Kendini Arayan Adam, bana kendimi buldurdu.

*(Harun KILIÇ, ADAPAZARI)*

Bunalıma girmek üzereydim. Kitabınız bana bir ilâç gibi geldi. Hamdolsun kendimi ve gayemi tanıdım.

*(Elif KILIÇ, BALIKESİR)*

Kitabınız beni büyüledi. Bu, hayatımda okuyarak ağladığım ilk kitap.

*(Zehra MARANGOZ, İSKENDERUN)*

Bu kitap neden film hâline gelmiyor? Eğer film hâline gelse, birçok insanı hayran bırakacaktır.

*(Abdullah ZAHİR, İSTANBUL)*

Halit Ertuğrul hocamızın bir Türkiye klasiği haline gelen "Kendini Arayan Adam" idealist ve ümitvar bir ruhla yola çıkan öğretmenin, daha doğrusu yazarın kendisinin akıllara durgunluk verecek nitelik taşıyan; başından geçen hadiseler mevcut. Kimlik arayışı içerisinde olan biriyle yaptığı otobüs yolculuğu ve bu beraberliğin mutlu sonu... Gerçekten harikaydı.

*(28.06.2003, Abdülkadir TIĞLI)*

Bence bu kitap bir muhteşem. Belki hayatımda isteyerek okuduğum tek kitap. Kitap okumayı pek sevmezdim ama bu kitap bir başka. Ben bu kitabın gerçekten bir yaşanmış olaydan alındığına inanıyorum. Bu kitabı okuduktan sonra bir insanın hayatını değiştirmesi için gerçekten bu kitaptaki olayın yaşandığına inanması gerekmez. Çünkü kitapta verilen örneklerde Allah'ın varlığına, neden ibadetin gerekli gibi konularda öyle mantıklı örnekler var ki insan gerçekten kitabın her satırını okuduktan sonra şok oluyor.

*(11.02.2003, Serhat AKÇA)*

Kendini Arayan Adam, çağlar öncesinin inanmayan insanlarıyla 20. asır insanlarının inançsızlık kavşağında aynı his ve duygulara sahip olduğunu anlatması açısından değerli bir kitap. Daha sonraki zamanlarda da güncelliğini yitirmeyeceği muhakkak. Bu tür imanî kitapların Talim Terbiye'den geçirilerek temiz beyinlere sunulmasının gerekli olduğuna inanıyor, bu konuda bir film yapılmasının gecikmesini umursamayan dolayısıyla tebliğ vazifesini ihmal eden yazar ve sorumluluk sahiplerini manen uyarıyorum.

*(22.02.2004, Abdurrahman BOZKAYA)*

Kendini arayıp da tam olarak kendini bulamayanların kitabı. Maddeperest bir dünyada ufuklar ötesine kapı açan bir kitap. Var olmayı sadece gözlere indiren ve maneviyata kapalı olan sinelerin bu kitapta anlatılanlar ışığına nasıl aydınlandığı gerçeği gizli. Kendinizi bulmak istiyorsanız okuyun.

*(06.11.2004, Aydın UZUN)*

## ALMANYA'DAN BİR MEKTUP

Sayın Halit Ertuğrul Bey;

Ben Münih'te yaşıyorum. Burada hukuk tahsili yaptım ve burada kaldım.

Sizin kitaplarınızla yeni tanıştım. İlk okuduğum kitabınız Kendini Arayan Adam. Bu kitabın Almanca baskısını da okudum. Doğrusu süper bir kitap ve süper bir çeviri...

Çevremde ben Alman dostlarımla da çok iyi diyalog içindeyim. Bir kısım Alman arkadaşlara verdim. Çok faydalandılar. İçlerinden birisi Müslümanlığa ilgi duyuyordu. Bu kitap ise görüşlerini pekiştirdi ve Müslüman olmalarına vesile oldu.

Kitaplarınızı Almanca'ya çevirin. Buradaki Alman gençliği bu tip kitaplara çok muhtaç.

Saygılar efendim.

*(Av. N.Y., Münih)*

# TEBRİK

Halit Ertuğrul Kardeşim,

Gönderdiğiniz kitapları aldım, teşekkür ederim.

Kitaplarınızın okuyucular tarafından beğenilmesi ve kabul görmesi gerekiyor ki, Allah bu yönde size vazife vermiş, devam edin.

Çekirdek hükmünde olan eserleriniz, inşallah dünyanın dört bucağına yayılacak neşv nema bulacaktır.

Sizi ve yayınevinizi tebrik eder, çalışmalarınızda başarılar dilerim.

Selâm ve saygılarımla...

**Ekim, 2004**

**Hekimoğlu İsmail**

# Yabancı Dillerde
# Kendini Arayan Adam

Rusça

Almanca

Arnavutça

Farsça

Flemenkçe

Türkmence